【文艺常识分册】

影视传媒专业艺考系列丛书

文艺常识

姜鹏亮　主编

CFP 中国电影出版社
2015・北京

目录 | CONTENTS

第一章 电影常识

CHAPTER 01

一、电影基本理论

电影

根据“视觉暂留”原理，运用照相（以及录音）手段，把外界事物的影像（以及声音）摄录在胶片上，通过放映在银幕上造成活动的影像，以表现一定内容的技术。电影是1895年由法国卢米埃尔兄弟发明的，早期的电影均为黑白的无声影像，以后陆续出现有声电影、彩色电影以及宽银幕电影、3D电影等。

电影艺术

以电影技术为手段，以画面和声音为媒介，在银幕上运动的时间和空间里创造形象，再现和反映生活的一门艺术。1911年意大利电影先驱者乔托·卡努杜在《第七艺术宣言》中首次提出“电影是一门艺术”的理论主张，与建筑、音乐、绘画、雕塑、诗歌和舞蹈相提并论，并用“第七艺术”命名电影。

电影文学

兼有电影和文学双重特性的一种文学类型，并将文学的叙事因素与电影的造型因素有机地融合为一体。其具体的书面形式就是电影文学剧本，以样式而言，有喜剧、悲剧、闹剧、正剧之分；以风格而言，有戏剧电影、小说电影、散文电影、诗电影之分。

电影摄影

基于视觉暂留原理，运用摄影机、镜头、胶片把客观事物及其运动记录下来的过程。电影摄影记录的影像与人眼所见的现实有很大的相似性，但也有一定的差异性。这使得电影摄影既成为人们记录和再现客观世界的重要手段，也为创作者提供了表现的空间。使电影摄影摆脱对客观世界的简单复制而成为一门造型艺术。

电影导演

简称“导演”，影片艺术创作的领导人和摄制组的负责人，导演团结和组织各种不同专业的创作人员和技术人员，共同为生产高质量的影片而努力，导演是集体创作的核心。

电影美术

电影艺术的重要组成部分，为影片造型进行设计和制作的美术创作。主要任务是通过环境造型为影片提供人物活动的典型环境；通过人物造型来揭示人物的内在属性，具体工作内容分为绘景、置景、道具、服装、化装、特技美术、字幕等。

电影剪辑

“剪辑”是法文中借用来的一个建筑学名词，原意为安装、组合、构成，音译成中文就是“蒙太奇”。“剪辑”是电影艺术创作过程中最后的一次再创作，其工作包括画面剪辑和声音剪辑两个方面。

电影特技

在各种不同题材的影片摄制过程中，遇到一些成本很高、难度大、费时过多、危险性大的摄制任务或现实生活中并不存在的被摄对象时，所采取的特殊摄制技术。一般的电影特技包括：数字特技法、电子蓝屏幕法、电子模拟摄影法。

电影产业

对以电影的制作、发行、放映三个行业为主，同时包括电影的相关衍生产品，以及与电影相关的市场活动的总称。其特点是科技含量高、耗资大、劳动力密集。

电影发行

在取得影片发行权的基础上，将电影在规定的时间和地区内进行有偿传播的活动，发行是电影业经营活动中重要一环。从整个电影产业链来看，发行环节处在中游的“腰”部，是连接电影制作和电影放映两个环节最重要的桥梁和纽带。

电影院线制

由一个发行主体以资金和供片为纽带，与若干影院组合，实行统一品牌、统一排片、统一经营、统一管理的发行放映机制。我国院线制从 2002 年 6 月开始实行，现较为知名的院线有万达院线、中影星美院线、广东大地院线等。

故事片

由职业或非职业演员扮演、具有一定情节的影片，以其反映复杂多样的人类社会生活和人的内心世界而显得丰富多彩，因各个创作者的思想倾向、创作方法、艺术格调的不同而有千差万别。

美术片

电影四大片种之一，是动画片、剪纸片、木偶片等影片的总称。它以绘画或其他造型艺术形式作为人物造型和环境空间的主要表现手段，不追求故事片的逼真性特点，而运用夸张、变形、神似的手法，借助于幻想、想象和象征，反映人们生活、理想和愿望，是一种高度假定性的电影艺术。

纪录片

其特点是如实纪录真人真事，不经过虚构，从现实生活本身的形象中选取典型，提炼主题，直接反映生活和事件。纪录片的基本特性决定它不能虚构情节，不能用演员扮演，不能随意改换地点环境、变更生活进程。

科教片

是科学教育片的简称，以传播科学知识和推广新技术经验为基本目的的电影类别，其职能主要为宣传推广与群众日常生活和生产相关的科学技术知识。

类型电影

按照不同类型或样式的规定制作出来的影片，所谓类型指的是由于不同题材或技巧而形成的影片范畴、种类或形式。作为一种影片制作方式，20 世纪三四十年代在好莱坞曾占据统治地位，其特点为公式化的情节、定型化的人物、图解式的视觉形象。较为熟悉的类型有：西部片、犯罪片、歌舞片、喜剧片、恐怖片、灾难片等。

西部片

以美国西部为故事背景、以 19 世纪下半叶美国人开发西部荒野土地为题材的影片。西部片的情节一般都很简单，人物也都是定型的。西部片的开创人是美国的埃德温·鲍特，他拍摄的《火车大劫案》是第一部西部片。约翰·福特拍摄的《关山飞渡》也是西部片的经典之作。

犯罪片

包括强盗片、警匪片、黑色片、侦探片、惊险片等，其共同特点是通过犯罪题材来反映社会现象并进行社会评论。犯罪片通常以城市为背景，以一桩犯罪案件的始末为内容，以一个犯罪分子为主要人物。希区柯克是犯罪片大师，其代表作有《后窗》《精神病患者》。

商业电影

通常比较注重故事性，力求创造曲折动人的情节，制造和利用明星效应，追求画面的欣赏性，也会大量运用电脑特技制造令人惊奇的视听效果。商业电影注重营销运作，在宣传炒作上肯于投入，有针对性地安排上映档期，利用多种手段扩大影片的号召力。

艺术电影

艺术电影专指观念新颖、趣味高雅、技巧考究、不以赢利为目的的影片，这类电影大多曲高和寡，卖座状况不佳，但它在观念上的创新突破、在艺术技巧上的大胆探索，常为一般商业电影所采用。

独立电影

独立电影最早发源于好莱坞，其“独立”之处体现在：外在制作形式上，由好莱坞体系之外出资、拍摄和发行；内在精神实质上，体现与好莱坞道德和形式观念不同的“独立精神”。独立电影在题材、拍摄手法、表达方式上由于受到出资方的影响比较小，所以可以涉及一些主流影片较少涉及的范围，也更能表现出电影制作者的个人特点，小制作、低成本、技术手段的简化是它极其现实的标志。

合拍电影

合拍是电影合作制片的一种形式，由两个或两个以上的电影制作机构共同投资、共同享有影片著作权及影片市场收益。合拍片有对外合拍片和国内合拍片两种形式，目前内地与香港的合拍电影较为成熟。

黑色电影

指好莱坞在40年代和50年代初期拍摄的以城市中的昏暗街巷为背景、反映犯罪和堕落的影片。黑色电影可以说是美国的暴力题材、德国表现主义的摄影风格和法国存在主义思想的结合体。

3D电影

3D是three-dimensional的缩写，就是三维图形。3D电影是利用类似两眼的不同视角摄制成具有水平视差的两幅画面的影片，放映时能给人以三维视觉，带有明显的纵深感。

数字电影

指在电影的拍摄、后期加工以及发行放映等环节，部分或全部以数字处理技术代替传统光学、化学或物理处理技术，用数字化介质代替胶片的电影。

电视电影

电视电影专门为电视播放所拍摄的电影，其规模一般不大，拍摄周期相对较短，特别适宜反映现实生活中的热点问题。电视电影的创作规律和一般的电影基本相同，但要充分考虑电视欣赏随意性的特点。

好莱坞

好莱坞（Hollywood）坐落在美国加州洛杉矶，是世界闻名的电影城。由于美国许多著名电影公司如梦工厂、迪士尼、20世纪福克斯、哥伦比亚影业公司、环球影片公司、华纳兄弟、派拉蒙等电影巨头均设立于此，所以“好莱坞”一词往往被用来指美国电影工业。

卢米埃尔兄弟与电影的诞生

卢米埃尔兄弟是法国电影发明家、导演，于1895年12月28日在巴黎成功放映影片，标志着电影的诞生，因此被人誉为“电影之父”，代表作《工厂大门》《水浇园丁》《火车进站》。

梅里爱与早期科幻片

梅里爱是法国电影导演，他建造了世界上最早的摄影棚，开创了一种与卢米埃尔兄弟写实主义完全不同的电影形态，梅里爱运用“戏剧电影化”方式拍摄电影，将许多舞台剧搬上银幕，并开创银幕科幻片先河，代表作《月球旅行记》《太空旅行记》，被称为“科幻片之父”。

埃德温·鲍特与《火车大劫案》

鲍特是美国早期电影先驱，他首先在美国电影中采用特写、停机再拍、摇拍等技巧，代表作是1904年拍摄的《火车大劫案》，此片已初具西部片形态，被公认为是第一部西部片，也为该类型后世的发展奠定了基础。

卓别林与喜剧电影

卓别林是著名的喜剧演员、导演，他的喜剧风格奠定了现代喜剧电影的基础。代表作《淘金记》《城市之光》《摩登时代》《大独裁者》，卓别林塑造的流浪汉夏洛克形象成为他喜剧片的标志。卓别林的喜剧电影多关注底层人物和边缘人群，影片的喜剧性往往也带有悲剧色彩。

苏联蒙太奇学派

20 世纪 20 年代，库里肖夫和爱森斯坦强调不同镜头之间的对立产生新的含义，代表理论为“库里肖夫效应”和“杂耍蒙太奇”，普多夫金和维尔托夫等人则在“叙事蒙太奇”和“电影眼睛派”等方面进行拓展延伸，共同丰富和完善了蒙太奇理论学说，因此被称为蒙太奇学派。

先锋派电影

诞生于 20 世纪 20 年代，以法国和德国为中心，辐射欧洲多个国家。受第一次世界大战前后欧洲多种现代艺术思潮的影响，欧洲先锋派电影形式多样且风格迥异。先锋派电影主要流派有法国印象主义电影、德国表现主义电影、抽象主义电影、超现实主义电影，代表作《一条安达鲁狗》《卡里加里博士的小屋》。

有声电影 / 彩色电影的诞生

1927 年拍摄的美国电影《爵士歌王》标志着世界上第一部有声电影的诞生，1935 年拍摄的美国电影《浮华世界》标志着世界上第一部彩色电影的诞生，声音和色彩进入电影，扩大了影片的信息量，也使得电影艺术更加丰富且走向成熟。

英国纪录电影运动与格里尔逊

格里尔逊是英国电影导演，掀起一场英国纪录电影运动并形成“格里尔逊学派”，该学派认为纪录片应当是富有创造性的对真实生活场面的处理，代表作《漂网渔船》。

法国诗意现实主义

法国 20 世纪 30 年代出现的一种创作倾向，它继承了先锋派的创新精神，又与社会现实保持着密切联系，影片大都以下层人民生活为题材，但在表现手法上又具有某种诗情画意。代表人物让·雷诺阿、雷内·克莱尔，代表作《幻灭》《游戏规则》。

意大利新现实主义

第二次世界大战后在意大利掀起的电影运动，“还我普通人”“把摄影机扛到大街上”是该运动著名的口号。新现实主义影片极具社会性，反对虚假情节，要求真实反映生活。代表作《偷自行车的人》《罗马，不设防的城市》。

法国新浪潮电影运动

1958 年法国年轻导演在巴赞主编《电影手册》的观念倡导下，所兴起的一场电影革新运动。强调要拍摄有导演个人风格的电影，提倡“作者电影”的主张。代表人物特吕弗、戈达尔，代表作《四百下》《筋疲力尽》。

电影作者论

法国《电影手册》所倡导的电影导演在影片艺术性上起决定作用的理论观念，与好莱坞以电影制片人为主导不同的是，电影作者论强调导演的作用，提出影片的真正作者应该是导演，并要求在一系列作品中坚持自己一贯的风格。

“左岸派”电影

20 世纪 50 年代末出现在法国的电影导演集团，因成员都住在巴黎塞纳河左岸而得名。代表人物有阿伦·雷乃、玛格丽特·杜拉斯等，代表作《广岛之恋》《去年在马里昂巴德》。“左岸派”把重点放在对人物内心活动的描写上，影片具有浓重的现代派色彩。

新好莱坞电影

20 世纪 60 年代末到 70 年代中期，美国年轻导演拍摄了一批从内容到形式都不同于传统好莱坞的电影，其特点为反传统、反模式、反类型、反神话。代表作《邦尼和克莱德》《毕业生》《大白鲨》等。

新德国电影运动

20 世纪 60 年代到 80 年代初期在联邦德国出现的一次旨在振兴德国电影的运动，并发表《奥伯豪森宣言》，明确指出与传统电影决裂，要运用新的电影语言创立新的德国电影。代表人物克鲁格、赫尔措格、施隆多夫、法斯宾德、文德斯，代表作《向昨天告别》《玛利亚·布劳恩的婚姻》《铁皮鼓》。

影戏

20 世纪 30 年代部分中国人对电影的俗称，“影戏”是戏剧的一种形式，这反映了中国早期电影观念。“影戏”是把电影看作一种叙事艺术，而非现代意义上光影声画组合下的电影，“影戏观”与中国的戏剧戏曲传统有很大关系。

《定军山》与中国电影的诞生

1905 年北京丰泰照相馆的任庆泰拍摄了一段由谭鑫培主演的京剧《定军山》，此举标志着中国电影的诞生。中国电影从一开始，就是本土传统艺术与外来新兴娱乐形式之间的融合，对电影艺术在中国的普及和推广作出初步的探索尝试。

武打电影

我国武侠片、功夫片、武术片的统称。早期武打电影基本上是戏剧程式化的打斗加杂技性表演，较为虚假，代表作《火烧红莲寺》系列；20 世纪五六十年代的武打片以神剑仙法为内容，另一种多体现英雄人物的行侠仗义；70 年代出现以近代爱国主义和民族精神为内容的武打电影，李小龙的《精武门》为代表作；80 年代武打电影体现出我国传统武术精华，并表现出中华民族气节和高尚武德，代表作《少林寺》。

左翼电影

20 世纪 30 年代中国共产党电影小组在左翼文化界统一领导下，在上海开展左翼电影运动并由此摄制出一批反帝反封建电影。这些影片大多暴露帝国主义的侵略，揭露资本主义、地主阶级以及国民党政权的压迫，积极描写工农群众、妇女和知识分子的反抗斗争。代表作《狂流》《大路》《渔光曲》《桃李劫》等。

“孤岛”电影

从 1937 年上海失守到 1941 年太平洋战争爆发前，上海租界形如孤岛，因为战时租界相对特殊的环境，电影制作受敌对力量控制较少，所以这一时期的电影发展较为繁荣。电影工作者拍出了一批高质量的电影，宣扬爱国主义，反映出抗日救亡的时代心声。如卜万苍导演的《木兰从军》、费穆导演的《孔夫子》等。

延安电影团

延安电影团是中国共产党建立的第一个电影机构，1938 年成立于延安，全名为八路军总政治部电影团。从成立之时起，就把团结鼓舞人民、打击敌人作为制片的主要目的。延安电影团主要人物袁牧之、吴印咸、徐肖冰在艰难条件下摄制出《延安与八路军》《生产与战斗结合起来》等新闻纪录片，为新闻纪录电影事业做出了巨大贡献。

样板戏电影

“文化大革命”时期拍摄的舞台纪录片，共拍摄《智取威虎山》《红灯记》《沙家浜》《红色娘子军》《奇袭白虎团》《海港》《龙江颂》《白毛女》《杜鹃山》《平原作战》十部舞台纪录片。这些影片在创作中虽受政治环境的影响，但在电影艺术方面也进行了一定的探索和创新。

主旋律电影

对我国社会主义电影中应予倡导的、能够促进社会主义精神文明建设的电影作品的一种形象化说法，其完整提法是“弘扬主旋律，提倡多样化”。弘扬主旋律绝不是要求内容和形式千篇一律，提倡多样化必须要坚持正确的导向。进入新世纪以来，主旋律电影在坚持其基本职能的基础上，表现出与市场和商业相结合的发展倾向，较为成功的作品有《云水谣》《建国大业》等。

综艺电影

一种新兴的电影类型，是在成功的综艺真人秀节目基础之上拍摄的类电影的纪录片，代表作《爸爸去哪儿》《奔跑吧兄弟》等。其特点为制作周期短、宣传效果好、票房收益高，但也遭到一些传统电影人的抵制，称综艺电影是对电影制作和电影市场的干扰。

香港电影新浪潮

20 世纪 70 年代末 80 年代初，香港电影界涌现出一批新锐导演，以许鞍华、徐克、严浩、谭家明、方言平等为代表。这批年轻导演革新已有的电影手法和创作观念，为正处于低潮的香港电影注入新鲜血液，人们把这股影坛新风称为香港电影“新浪潮”，代表作有许鞍华的《疯劫》、徐克的《蝶变》等。

台湾新电影

从 20 世纪 80 年代开始，台湾新一代导演创作出一系列题材多样、主题严肃且充满社会性和人文性的影片。以《光阴的故事》为标志，台湾新电影正式开始，台湾新电影秉承人文主义追求，坚持现实主义倾向。其代表人物有侯孝贤、杨德昌、王童、陈坤厚等，代表作《童年往事》《风柜来的人》《冬冬的假期》等。

二、视听语言常识

【视觉元素】

镜头

摄影机开停一次对被摄对象连续纪录的一个影像片段，镜头是电影构成的基本单位，镜头组接形成场，场形成段落，段落组成全片。

镜头运动

通过变动摄影机位置，或者改变镜头焦距所形成的运动镜头，包括推、拉、摇、移、跟以及利用升降设备拍摄出的升降镜头等。

推镜头

摄影机沿光轴方向向前移动拍摄，或进行镜头变焦，使观众有视点前移的感觉，可以在镜头内了解到整体与局部的关系。

拉镜头

与推镜头方向相反，使观众有视点后移的感觉，不让观众马上看到景物和全部环境，在镜头中渐次了解局部与整体的关系，造成悬念、对比、联想等艺术效果。

摇镜头

摄影机位置不动，只有机身做上下、左右、旋转等运动，画面呈现出动态构图，产生巡视环境，展示规模，烘托情绪与气氛等艺术效果。

移镜头

摄影机水平面上做各个方向移动所拍摄的画面，被摄景物依次从画面中划过，造成被巡视或展示的视觉效果，可以创造特定的情绪或气氛。

跟镜头

摄影机跟随运动的被摄体拍摄，有推、拉、摇、移、升降、旋转等跟拍形式，跟拍使处于动态中的主体在画面中位置基本不变，而前、后景则可能不断变换。

景别

按照被摄主体在画面中呈现的不同范围和比例而进行的镜头类别划分，分为远景、全景、中景、近景、特写，也常会出现中近景、中全景、大特写等称呼。

远景

以表现环境气势为主，人物显得极小，看不清局部和细节，常用来展示事件发生的环境和规模，并有助于抒发情感、渲染气氛。

全景

表现成年人全身或场景全貌的镜头画面，可以看清人物的形体动作以及人物和环境的关系。

中景

表现成年人膝盖以上的镜头画面，观众可以看清人物形体动作和交流情绪，方便交代人与人、人与物之间的关系，一部电影中中景占有较大比例。

近景

表现成年人胸部以上的镜头画面，可以看清演员心理活动的面部表情和细微动作。

特写

表现人体局部或被摄对象细节的镜头画面，具有把被摄物体在环境中强调出来的作用，有助于细腻地刻画人物，表现情绪。

空镜头

画面中没有人物的镜头，是导演阐述思想内容、叙述故事情节、抒发情感意境的重要手段之一。

升、降格镜头（快慢镜头）

改变摄影机运转频率的拍摄手段，摄影机拍摄时正常频率为每秒 24 格，高于 24 格为升格，低于 24 格为降格。放映时仍以每秒 24 格的速度放映，格数升的越多，画面上运动物体的运动速度越慢，形成慢镜头的效果。格数升的越少，则画面运动物体速度越快，形成快镜头的效果。

主观镜头

摄影机的视点直接代表剧中角色视点的镜头，在表达效果上可以将剧中人物视角转嫁到观众身上，有力地将观众直接引入剧情。

客观镜头

摄影机采用大多数人在拍摄现场所共有的视点拍摄的镜头，将剧情内容客观地表达给观众，是影片镜头的重要组成部分。

景深

被摄物体精确调焦后，位于该物体前后能结成相对清晰影像的景物之间的纵深距离。

拍摄角度

角度即摄影机与被摄物体之间的视角关系，是由拍摄方向、距离、高度三个因素共同决定的。

仰角度

摄影机镜头偏向视平线上方的拍摄方式，常被用于表现崇高、庄严、伟大的气势。

俯角度

摄影机镜头偏向视平线下方的拍摄方式，常被用来描述环境特色，用来造成压抑、低沉的气氛，拍摄群众或军队场面时，可产生雄伟壮观的气势。

摄影构图

为表现一定内容，把要表现的对象及各种造型因素有机地组织在摄影画面中。被摄体在画面中表现的是否恰当，形式是否优美取决于构图处理手法和光线、线条、色彩等多种因素的运用。

跳切

电影镜头切换的一种方式，打破一般切换时所遵循的时空和动作连续性，以动作的跳跃式组接突出某些重要内容，省略时空过程。

闪回

电影场景中突然插入另一个场景或片段的叙事手法，一般表示为前一个镜头中人物的回忆或某种思绪，是内心外化的重要手段。

叠化

镜头 A 的画面逐渐隐退的过程中，镜头 B 的画面逐渐显现出来，是一种特殊的电影镜头切换方式。

淡入、淡出

前一场景的画面逐渐暗淡直至完全消失，后一场景的画面逐渐显露直到十分清晰，常用来表示一个情节段落的结束和另一段情节的开始。

色调

彩色电影画面的色彩配置所产生的色彩倾向，以某一种颜色为主导，使画面呈现出一定的色彩倾向。按明度可以分为亮调子和暗调子，按色性可以分为冷调子和暖调子。

黑白影调

由不同亮度的黑、白、灰组成的画面效果，早期电影由于胶片缘故，所以影片都是黑白影调，彩色胶片出现后的电影创作也常有黑白影调的影片，其目的是为了创造某种画面风格样式或创造某种气氛。

暖色与冷色

人眼的色觉与温度感觉联结的一种色彩感受现象，也称为“热色”与“寒色”。红、橙、黄等颜色使人联想到阳光、火焰，所以属于暖色；青、蓝、绿等颜色使人联想到水、冰、夜空，所以属于冷色。

正面光

也称“顺光”，光线投射方向和摄影机拍摄方向一致的光。正面光会使被摄物照明均匀，但会有平淡感。

侧光

光线投射方向与拍摄方向成水平角90°左右的光，侧光可以增强被摄物的立体质感。

逆光

来自于被摄物体后方的光线，也称“背面光”，由于从背面照明能照亮被摄物的轮廓，所以也称为“轮廓光”。逆光照明下被摄物体大部分都处在阴影之中，使画面获得丰富的层次。

顶光

来自被摄物体上方的光线，顶光照明下人物面部会出现反常效果：额头发亮、颧骨突出，但有时顶光也会给人圣洁、神圣的画面效果，例如天使、上帝等形象。

环境光

对剧中人物生活环境进行照明的光线，环境光是美术师对拍摄环境进行的再创造，是形成影片基调的一个重要条件。

背景光

专门用来照明背景的光线，其作用是为了表现特定环境、营造某种特定气氛。

【蒙太奇与长镜头】

蒙太奇

来自法语，原意为建筑学上的构成、装配，借用到电影艺术中有组成、构成之意。蒙太奇就是将不同的镜头、场面、段落根据原定的创作构思合乎逻辑且富有节奏地重新组合起来，从而形成一部完整而有机的电影作品。蒙太奇分为两种类别：叙事蒙太奇和表现蒙太奇。

（一）叙事蒙太奇

以交代情节、展示事件为主要作用的蒙太奇类别，叙事蒙太奇分为连续蒙太奇、平行蒙太奇、交叉蒙太奇、重复蒙太奇。

1. 连续蒙太奇

是电影中最为普遍的一种蒙太奇，沿着一条单一的情节线索，按照事件逻辑顺序连续展开叙事。由于缺乏时空的转换条件，因而无法展开多线叙事，容易造成冗长、拖沓的感觉。

2. 平行蒙太奇

两条或多条情节线索并列展开、分头叙述，并统一在一个完成的情节叙述中的蒙太奇。平行蒙太奇可以删减不必要的情节，扩大影片容量，形成多种艺术效果，提供自由多变的时空转换。

3. 交叉蒙太奇

由平行蒙太奇发展而来。与平行蒙太奇只注重情节统一、主题一致不同的是，交叉蒙太奇中一条线索的发展往往影响或决定另一条或数条线索的发展，最后几条线索交汇在一起，电影中常用来表现追逐或惊险的场面。

4. 重复蒙太奇

具有一定寓意的镜头或者叙事中的关键镜头在影片中反复出现，造成强调、对比、呼应的艺术效果。

（二）表现蒙太奇

以加强影片艺术性和情绪感染力为主要作用的蒙太奇类别，其目的不是叙述情节，而是渲染情绪、表现寓意、揭示深层次含义。表现蒙太奇分为心理蒙太奇、隐喻蒙太奇、对比蒙太奇。

1. 心理蒙太奇

通过镜头组接或音画组合，将人物的心理活动、精神状态进行直接外化，在银幕上表现出人物的回忆、梦境、幻觉等心理活动。

2. 隐喻蒙太奇

一种电影比喻手法，通过镜头排列进行类比，形象地表达出两个镜头或段落之间的联系和寓意，含蓄地表现出创作者所赋予的感情色彩。比如拿到录取通知书的镜头与满园盛开花朵的镜头组接在一起，用满园春色比喻考上大学的愉快心情。

3. 对比蒙太奇

通过镜头、场面、段落之间在内容或形式上的对比，在主题或寓意上产生强调、冲突的作用。内容上的对比包括贫与富、苦与乐、生与死、崇高与卑微、胜利与失败、伟大与猥琐等；形式上的对比包括景别大小、角度俯仰、光线明暗、色彩冷暖、声音强弱、节奏快慢等。

镜头内部蒙太奇

即一个镜头内完成的蒙太奇，是通过演员调度、镜头运动、镜头焦点变化等手段完成的。

长镜头

相对于蒙太奇剪辑中分解的镜头而言的，“长镜头理论”最先由法国电影理论家安德烈·巴赞提出，他认为长镜头能保持电影空间的统一性和完整性，表达人物动作和事件发展的连续性，因而能更真实地反映现实，符合纪实美学的特征。

场面调度

最早用于舞台剧，由于电影与戏剧在艺术处理上具有某种共同性，也被引用到电影创作中，指导演对画框内事物的安排。电影场面调度基本上包含两个层次：演员调度和镜头调度。

【听觉元素】

人声

电影中人在交流或表达情绪时发出的各种声音，是电影反映现实的重要手段之一，除了具有表达功能外，不同人声表现出的不同力度、音调、节奏也能反映出不同的情绪或性格，人声也是塑造人物的重要手段。

对白

影片中人与人之间的对话，是人声的重要组成部分，也是推动剧情发展，塑造人物性格的重要手段。

独白

剧中人物在画面中对内心活动的自我表述，有两种形式：一种是以自我为交流对象的“自言自语”；一种是有其他交流对象的大段述说，如演讲。

旁白

以画外音的形式出现的第一人称自述或第三人称议论，旁白可以丰富叙事空间，用客观、冷静的视角推动剧情发展。

解说

剧中以客观叙述者的角度直接用语言来交代、介绍剧情或发表议论的一种方式。纪录片和科教片中经常用到，故事片在开头或结尾时也常用解说的方式交代背景或表达情绪。

画外音

来源于画面外的声音，可以是人声、音乐或者音响，画外音可以对画面起到烘托、深化主题的作用，增加画面和声音的感染力。

电影音乐

专为影片创作或选用现成音乐作品为影片编配的音乐，电影音乐是电影综合艺术的重要组成部分，也是音乐艺术的一种体裁。

有（无）声源音乐

画面中出现有发音源头的音乐，如广播里传出的音乐，可以增强影片的真实感；无声源音乐即画面中未出现发音源头的音乐，这种音乐多来自配乐，起到充实、解释和评论画面的作用。

电影音响

除语言和音乐之外电影中所有的声音都称为电影音响，通常分为动作音响、自然音响、环境音响、机械音响、军事音响、特殊音响等。

有（无）声源音响

有声源音响即场景中有对应发声物体所发出的声响，无声源音响即电影中与画面不对应、画面所显示环境中没有实际的发声物体的音响。

自然声

自然声指的是自然界的声音，如风声、雨声、市声、机器声、话语声、叹息声、脚步声等。

音画关系

音乐与画面在影片中的结合关系，一般分为音画同步和音画对位两种形式，其中音画对位又包含音画并行和音画对立。

音画同步

音画关系的一种，音乐与画面紧密结合，音乐情绪与画面情绪基本一致，音乐节奏与画面节奏完全吻合。

音画对位

音画关系的一种，音乐与画面做不同侧面的表现，两者形成“对位”关系，以表达影片中更深刻的内容，音画对位包含音画并行和音画对立。

1. 音画并行

音乐不是追随画面内容，也不是与画面处于对立状态，而是以独立的状态从整体上揭示影片思想和人物情绪，从而扩大影片的信息量。

2. 音画对立

音乐与画面在情绪、气氛、节奏和内容上相互对立，使音乐富有寓意，深化主题。例如紧张激烈的战斗场面却采用优美婉转的音乐，以此来表达战争之惨烈。

数字集锦

【一】上篇

我国第一部诗歌总集：《诗经》

我国第一部叙事详细编年体史书：《左传》

我国第一部国别体史书：《国语》

我国第一部纪传体断代史：《汉书》

我国第一部语录体儒家经典散文集：《论语》

我国第一部军事著作：《孙子兵法》

我国第一部专门记载一个人言行的历史典籍：《晏子春秋》

我国第一部笔记本短篇小说：《世说新语》

我国第一部字典：《说文解字》

我国第一部词典：《尔雅》

我国文学史第一部系统文学理论著作：《文心雕龙》

我国历史上第一部编年体通史：《资治通鉴》

我国第一部诗歌理论和评论专著：钟嵘的《诗品》

我国第一部科普作品：沈括的《梦溪笔谈》

我国第一部人文地理专著：《水经注》

我国第一部日记体散文游记：徐宏祖的《徐霞客游记》

我国第一部浪漫主义神话小说：吴承恩的《西游记》

我国第一部长篇讽刺小说：吴敬梓的《儒林外史》

我国第一首长篇叙事诗：《孔雀东南飞》

我国第一位史学家、文学家 ：司马迁

我国第一位伟大的爱国主义诗人：屈原

我国第一位田园诗人 ：陶渊明

我国第一位著名女词人：李清照

我国第一位获得“人民艺术家”称号的作家：老舍

三、中外著名导演

【内地第一代至第六代导演】

第一代导演

默片时期的电影导演，大约活跃于 20 世纪初至 20 年代末，代表人物郑正秋、张石川。

郑正秋、张石川

郑正秋与张石川堪称中国电影史上合作的典范，郑正秋编剧、张石川导演的《难夫难妻》是中国第一部有故事情节的短片；1923 年两人合作拍摄《孤儿救祖记》，促使中国民族电影进入繁荣期；1931 年张石川导演的《歌女红牡丹》是中国拍摄的第一部有声电影，具有里程碑式的意义。

第二代导演

主要活动时间是在 20 世纪三四十年代，将电影从娱乐中解放出来，发挥电影的社会性功能。代表人物有蔡楚生、孙瑜、费穆、袁牧之、郑君里、吴永刚等。

蔡楚生

其影片深刻揭示社会矛盾根源，真实反映大众心声，人物塑造细腻生动代表作《渔光曲》《一江春水向东流》等。其中《渔光曲》在莫斯科电影节获奖，是中国在国际电影节上第一部获奖的电影。

孙瑜

有“银幕诗人”的称号，拍摄影片题材各异，都充满爱国进步激情与艺术浪漫气息，代表作《大路》《小玩意》《武训传》等。

费穆

电影作品富于哲理，十分注重人物内心刻画，影像上追求自然幽深的风格，代表作《小城之春》《孔夫子》《狼山喋血记》。

吴永刚

创作的《神女》画面简洁、叙事深沉，被国内外公认为是中国无声电影的最高水平。1980 年与第四代导演吴贻弓联手导演《巴山夜雨》颇受好评。

第三代导演

新中国成立后开始拍摄电影的导演，在民族特色、艺术表达、电影体系等方面进行了充分有益的探索。代表人物谢晋、谢铁骊、水华、成荫等。

谢晋

1948 年起开始从事导演工作，注重运用多种电影语言刻画人物的性格，剖析人物丰富的内心世界，使人物真实动人。对国外电影语言和技巧的新发展也很关心，在继承和借鉴的基础上，有意探索影片的民族风格。《女篮 5 号》是成名作，也是中国第一部彩色体育故事片。《红色娘子军》获得首届百花奖的最佳故事片、导演奖。《天云山传奇》通过三个女性的目光来表现罗群，在形式上也有新突破。其他代表作有《芙蓉镇》《高山下的花环》《牧马人》等。

谢铁骊

第三代著名导演，代表作《暴风骤雨》《早春二月》《智取威虎山》《今夜星光灿烂》等。

水华

艺术风格“严谨细腻、淡雅深邃”，1950 年与人合作拍摄《白毛女》，其后执导《林家铺子》《伤逝》等影片，《林家铺子》改编自茅盾同名小说。

第四代导演

大部分为 20 世纪 60 年代北京电影学院的毕业生，提倡纪实性、打破戏剧式，追求自然质朴的影像风格。代表人物谢飞、黄蜀芹、吴天明、吴贻弓等。

谢飞

艺术风格写实与抒情并举，善于挖掘青春苦闷所折射的人生压抑，由女性创伤反映并呈现出社会问题，代表作《本命年》《香魂女》《黑骏马》等。

黄蜀芹

第四代导演中的女性导演，代表作《人・鬼・情》第一次以自省的方式解析了女性进入社会生活后的境遇，并在其中选择女性视角、引入女性意识。

吴天明

吴天明擅长农村题材和“西部电影”，能够凭借个人的乡土体验和情感，表达历史境遇和生存环境之下的真实生活。代表作《人生》《老井》《百鸟朝凤》等。

吴贻弓

吴贻弓的作品表现了第四代导演的艺术取向：剧作结构上打破戏剧式的二元对立，画面中注意细节设置，音乐音响渲染意境和气氛。代表作《城南旧事》《巴山夜雨》（与吴永刚合作拍摄）。

第五代导演

20 世纪 80 年代从北京电影学院毕业的年轻导演，第五代的发轫之作是《一个和八个》，《黄土地》则标志着第五代的全面崛起，第五代导演作品具有象征意义浓厚、形式感强烈等特点。

陈凯歌

第五代导演领军人物，其作品具有诗人和哲人气质，并体现出哲理性、文化性、电影性三大特点，造就了独特的东方电影气质。代表作品《黄土地》《霸王别姬》《无极》，其中《霸王别姬》获得戛纳电影节金棕榈奖。

田壮壮

田壮壮早期电影被称为“探索电影”，通过影像和音响的组合来表达人的情绪和情感，他还通过电影探索中国历史意义，以及历史大背景下人的真实状态。代表作《猎场札撒》《盗马贼》等。

吴子牛

通过浓重沉着的影调与冷峻压抑的造型，对战争进行了凝重而深入的思考，对人性进行了深刻的剖析。代表作《晚钟》《喋血黑谷》等。

张艺谋

第五代导演领军人物，曾担任《一个和八个》《黄土地》的摄影师；凭借在《老井》中的表演获得东京电影节最佳男主角，成为我国第一个A级国际电影节影帝；并担任2008年北京奥运会开闭幕式总导演。其导演艺术具有不断创新求变、追求形式突破、善于运用象征等特点，其电影创作史就是一部改革开放以来中国电影发展史。代表作品《红高粱》《菊豆》《大红灯笼高高挂》《秋菊打官司》《活着》《一个都不能少》《英雄》等。

顾长卫

中国电影导演、摄影师。摄影代表作有《海滩》《孩子王》《霸王别姬》《红高粱》《菊豆》《阳光灿烂的日子》等；导演代表作有《孔雀》《立春》《最爱》等。其中凭借《孔雀》获得了柏林电影节“银熊奖”；凭借《霸王别姬》获第66届奥斯卡最佳摄影奖提名，有“中国第一摄影师”之称。

第六代导演

一般指20世纪80年代中、后期进入电影学院导演系，90年代后期开始执导电影的年轻导演，他们基本上没有受过“文革”影响，经历了电影从神圣艺术还原为文化商品的转轨，喜欢表现平民和社会边缘人的无奈。

贾樟柯

第六代导演领军人物，作品中常采用实景拍摄、长镜头、自然音响、非职业演员，关注当下社会和普通人生活，并善于用最真实的影像语言将其完整地表现出来。代表作“故乡三部曲”——《小武》《站台》《任逍遥》《三峡好人》《天注定》等。

王小帅

善于表现不同生活背景下的不同价值取向，关注小人物在大城市的真实生活状态，其影片中也有较多对“三线建设”等历史背景的涉及。代表作《十七岁的单车》《青红》《我 11》等。

路学长

坚持在电影中对所处时代进行冷静观察和深刻反思，影片在呈现真实的同时，也真实纪录了变化中的中国，代表作《卡拉是条狗》《长大成人》等。

张元

善于捕捉北京面貌，其作品中透出一种生猛的叛逆，但在冰冷的画面背后却能体会到温暖的人文情怀。代表作《看上去很美》《过年回家》《东宫西宫》等。

管虎

电影、电视剧导演，其作品犀利生动，具有人文关怀精神，代表作《头发乱了》《斗牛》《杀生》《厨子·戏子·痞子》等。

陆川

善于在历史的群像中凸显个体人物，影片多挖掘人性中真实的一面，代表作《寻枪》《可可西里》《南京！南京！》《王的盛宴》。

【内地其他导演】

冯小刚

擅长拍摄贺岁电影，影片中具有强烈的平民意识，对主流文化进行调侃，其视角始终集中在喧闹都市和平民生活上，极大地推动了中国商业电影的发展。代表作《甲方乙方》《天下无贼》《夜宴》《集结号》《非诚勿扰》《一九四二》等。

姜文

中国知名演员、导演，24 岁即凭借在《芙蓉镇》中的表演获得百花奖最佳男演员，作为演员代表作有《红高粱》《有话好好说》《寻枪》《鬼子来了》等；作为导演的他擅长在电影中加入冷峻的幽默，并以此凸显人物性格、反映时代特征。导演代表作《阳光灿烂的日子》《鬼子来了》《让子弹飞》等。

宁浩

凭借《疯狂的赛车》成为继张艺谋、陈凯歌、冯小刚之后第四位迈入亿元俱乐部的内地导演，有“鬼才导演”的称号。擅长“低成本喜剧”的商业类型片创作，以《疯狂的赛车》《疯狂的石头》《黄金大劫案》为代表。

高群书

电影、电视剧导演，曾导演电视剧《征服》，电影代表作《东京审判》《风声》《神探亨特张》，其中《神探亨特张》获台湾电影金马奖最佳影片奖 。

滕华涛

电影、电视剧导演，其影视作品风格多样，善于捕捉人物内心细腻的情感，不拘泥于一种形式，电视剧代表作《双面胶》《蜗居》；电影代表作《失恋 33 天》《等风来》等。

徐静蕾

电影导演、演员，导演代表作《我和爸爸》《一个陌生女人的来信》《杜拉拉升职记》《有一个地方只有我们知道》等。

李玉

电影导演，其作品多是对女性精神困境的关注，代表作有《观音山》《苹果》《二次曝光》《万物生长》等。

薛晓路

文学作家、影视编剧、电影导演，电影代表作《海洋天堂》《北京遇上西雅图》。

【港台电影导演】

李翰祥

香港电影导演，善于拍摄宫闱片、历史片，执导的古装片既能展现悠久历史，也能表达精神气质。代表作《貂蝉》《江山美人》《梁山伯与祝英台》《火烧圆明园》等。

张彻

香港电影导演，影片中弘扬“阳刚电影”美学，将港台武侠功夫电影推向更加张扬个性的层面。代表作《独臂刀》《刺马》等。

胡金铨

香港电影导演，开创近代新派武侠电影之先河，影片在武打上仿效京剧武打，带有浓厚舞蹈格式，代表作《侠女》《龙门客栈》《大醉侠》等。

王家卫

香港电影导演，王家卫的电影注重内涵，语言风格、影像风格、叙事风格自成一体，形成独特的“王家卫味道”。代表作《阿飞正传》《重庆森林》《花样年华》《一代宗师》等。

徐克

香港电影导演，香港电影“新浪潮”运动代表，徐克的影片诡秘莫测、想象丰富，对电影技术的探索和应用在华语影坛中无人能及。代表作《青蛇》《黄飞鸿》系列、《狄仁杰》系列、《七剑》《龙门飞甲》《智取威虎山》等。

吴宇森

香港电影导演，电影暴力美学大师，把中国传统情感和武打元素相结合，创造了浪漫主义英雄风格，代表作《英雄本色》《变脸》《赤壁》《太平轮》等。

许鞍华

香港电影女导演，香港电影“新浪潮”运动代表，代表作《疯劫》《姨妈的后现代生活》《桃姐》《黄金时代》。

关锦鹏

香港电影导演，其作品通过影像展现性别与角色间的倒错，将女性心理和情感曲折表现得淋漓尽致。代表作《胭脂扣》《阮玲玉》《长恨歌》等。

成龙

香港电影演员、导演，其演出或执导的功夫电影以诙谐幽默的剧情和活泼灵巧的动作深受国内外观众喜爱。代表作《醉拳》《警察故事》系列、《A计划》《宝贝计划》《十二生肖》等。

陈可辛

香港电影导演，1997年拍摄电影《甜蜜蜜》获9项香港电影金像奖，并被《时代》杂志誉为1997年十佳电影之一。其他代表作《如果·爱》《投名状》《中国合伙人》《亲爱的》等。

杜琪峰

香港电影导演，1999年执导的《枪火》奠定“杜氏警匪片”的风格，突破了传统电影的局限，也使他获得了香港金像奖最佳导演奖和台湾金马奖最佳导演奖，代表作《阿郎的故事》《黑社会》《毒战》《夺命金》等。

王晶

香港电影导演，以拍摄娱乐电影著称，代表作《赌神》《精装追女仔》《逃学威龙》《九品芝麻官》等。

周星驰

香港电影导演，电影中喜剧情景的再现、搞笑的无厘头语言、颠覆传统形象的设置等元素共同构成了他的风格。代表作《功夫》《少林足球》《喜剧之王》《唐伯虎点秋香》《武状元苏乞儿》等。

刘伟强

香港摄影师、导演，以多元化电影类型丰富了香港的电影形态，将文化特质植入于电影商业规则中。代表作《古惑仔》系列、《无间道》《伤城》等。

侯孝贤

台湾电影导演，影片颇具诗人气质和人文精神，体现出中华文化影响下的人文气息和艺术诉求。代表作《冬冬的假期》《童年往事》《悲情城市》《戏梦人生》《海上花》等，其中《悲情城市》获威尼斯电影节金狮奖。

杨德昌

台湾电影导演，他的作品题材偏重于人际关系以及社会家庭生活的描述，富有思辨色彩又不失哲理的锋芒，展现纪实、隽永、朴素的艺术风格。代表作《一一》《牯岭街少年杀人事件》《独立时代》，其中《一一》获得戛纳电影节最佳导演奖。

李安

台湾电影导演，李安电影手法质朴自然，情节细腻别致，剧情圆融流畅。李安能够准确把握东西方文化心理，结合艺术与商业元素，是当代国际影坛声名最盛的华人导演。代表作“父亲三部曲”（《推手》《喜宴》《饮食男女》）、《理智与情感》《断背山》《卧虎藏龙》《少年派的奇幻漂流》等。其中《卧虎藏龙》获奥斯卡最佳外语片奖，《断背山》《少年派的奇幻漂流》获奥斯卡最佳导演奖。

蔡明亮

台湾电影导演，代表作《爱情万岁》《天边一朵云》《河流》《青少年哪吒》《郊游》等。其中《爱情万岁》获得威尼斯电影节最佳影片金狮奖。

【外国电影导演】

大卫·格里菲斯

美国导演，被认为是对早期电影发展作出极大贡献的开创性人物，因此被誉为“美国电影之父”。他将电影的基础结构设定为镜头而非场景，并创造性地运用了许多电影技巧，如平行剪辑等。其代表作《一个国家的诞生》《党同伐异》，其中《一个国家的诞生》中“最后一分钟营救”已成为经典电影段落。

爱森斯坦

苏联电影导演、电影理论家、教育家，建立起一个蒙太奇学说的完整理论体系，提出“杂耍蒙太奇”、“理性蒙太奇”概念，对整个电影艺术的发展产生了深远的影响。

代表作《罢工》《战舰波将金号》，其中“敖德萨阶梯”已成为运用蒙太奇的杰出段落。

普多夫金

苏联导演、演员、电影理论家。蒙太奇学派代表人物，但在蒙太奇观念上比爱森斯坦更为温和、折中。在表演方面接受“体验派”的表演方法，根据高尔基同名小说改编的《母亲》是普多夫金最为著名的电影，其他作品还有《圣彼得堡的末日》和《成吉思汗的后代》。

尤里斯・伊文思

荷兰纪录片导演，被誉为“先锋电影诗人”，其代表作《桥》和《雨》以其充满诗意的画面被认为欧洲先锋派电影杰作，也是纪录电影中的清新之作。伊文思拍摄纪录片《四万万人民》以支持中国人民的抗战，并将自用的摄影机及胶片赠予中国电影工作者。

布努埃尔

西班牙电影导演，超现实主义电影大师。他将超现实主义创作方法与叙事完美结合，以反教会和讽刺社会生活中的虚伪为主题。代表作《一条安达鲁狗》《白日美人》《黄金年代》等。《一条安达鲁狗》是超现实主义代表作，全片没有统一逻辑和情节线索，用视觉形象的隐喻来表现精神状态。

弗拉哈迪

美国著名纪录片导演，远赴北极拍摄了具有里程碑意义的纪录片《北方的纳努克》，弗拉哈迪第一次把戏剧性引入纪录片，并关注人物的情感和命运，尊重他们的文化传统，因而被尊为世界“纪录电影之父”。

希区柯克

美国电影导演，原籍英国，以拍摄悬疑片闻名于世，是公认的电影悬念大师。20世纪30年代末希区柯克前往美国发展，拍摄《蝴蝶梦》，确立惊悚悬疑风格。代表作《西北偏北》《爱德华大夫》《电话谋杀案》《群鸟》等。希区柯克也常用窥视倾向的人或者用窥视者视角来拍摄，如《后窗》《精神病患者》等。

奥逊・威尔斯

奥逊・威尔斯是集演员、导演、编剧、制片人等多种身份于一身的电影大师。他于

1941年拍摄的《公民凯恩》采用了非线性的多元叙事结构，多角度、多侧面地去表现凯恩，使人物更为立体鲜活。《公民凯恩》被誉为“有史以来最伟大的影片”，已成为现代电影和传统电影的分界线。

让·雷诺阿

法国著名电影导演，法国诗意现实主义电影代表人物。其作品现实主义风格明显，并善于运用景深镜头和长镜头，为电影语言的发展做出杰出贡献，代表作《大幻灭》《游戏规则》。

费里尼

意大利著名电影导演，现代艺术电影大师，与英格玛·伯格曼、安德烈·塔尔可夫斯基并称为世界现代艺术电影的“圣三位一体”，其影片具有浓重的“费里尼风格”。代表作《道路》《八部半》《甜蜜的生活》等，其中《八部半》探索了现代人的精神危机，将人们内心状态直接呈现在银幕上，成为“意识流”电影的经典之作。

萨蒂亚吉特·雷伊

印度现实主义电影大师，1956年开始拍摄“阿普三部曲”：《道路之歌》《不可征服的人》《阿普的世界》；70年代拍摄“孟加拉三部曲”：《森林中的日日夜夜》《仇敌》《不负责任的伙伴》。其作品具有浓郁的印度民族特色，展现了印度农村的真实风貌，雷伊的电影让印度故事片开始为世界所熟知，并于1992年获好莱坞终身成就奖。

特吕弗

法国电影导演，“新浪潮”电影运动代表人物，是电影“作者论”的主要倡导者。《四百下》是特吕弗自传体处女作，影片大量采用长镜头和实景拍摄以增强纪实感。除《四百下》外，代表作还有《朱尔与吉姆》《最后一班地铁》等。

戈达尔

法国著名电影导演，“新浪潮”电影运动代表人物。代表作《筋疲力尽》从人物情节到试听语言都打破传统电影观念束缚，对人们观影观念形成冲击，因此《筋疲力尽》也被视为法国“新浪潮”电影运动的宣言书。

阿伦·雷乃

阿伦·雷乃是法国著名导演，也是“左岸派”代表人物，其代表作有纪录片《夜与雾》《广岛之恋》《去年在马里昂巴德》。其中《广岛之恋》对电影时空特性进行了探索，创造了“电影意识流”的手法。

英格玛·伯格曼

瑞典电影大师，他将电影艺术带入深层次的哲学层面和内心世界，在影片中深入探讨人与人的沟通、上帝是否存在、生命与死亡等哲学命题。代表作《第七封印》《野草莓》《冬日之光》等，其作品是现代电影和“作者电影”的典型代表。

安东尼奥尼

意大利电影导演，拍摄的《红色沙漠》被誉为第一部真正意义上的彩色电影，充分体现了他电影风格中的色彩表现元素。代表作“现代爱情三部曲”：《奇遇》《夜》《蚀》，还曾来中国拍摄大型纪录片《中国》。

塔尔可夫斯基

苏联电影导演，被称为“银幕诗人”，对苏联“诗电影”“哲理电影”“作者电影”传统的建立和发展做出贡献。代表作《伊万的童年》《镜子》《安德烈·鲁勃廖夫》等。

黑泽明

日本电影导演，被称为“电影天皇”，斯皮尔伯格称其为“电影界的莎士比亚”。电影《罗生门》改编自芥川龙之介的短篇小说，其叙事呈几何式结构，一个故事四个版本，展示出黑泽明独特的电影观念。其他作品如《七武士》《乱》《影子武士》等也具有很高水准，因此黑泽明成为奥斯卡历史上第一个获得终身成就奖的亚洲电影人。

小津安二郎

日本电影导演，影片多描写平民阶层的家庭问题，其电影风格多以低角度、弱冲突为主，影片极具日本民族特色，代表作《东京物语》《秋刀鱼之味》。

大岛渚

日本电影导演，以新颖手法表达强烈的反体制思想，对“性”和“暴力”主题有独特见解，代表作《青春残酷物语》《感官世界》。

法斯宾德

新德国电影运动导演之一，被称为“新德国电影运动的心脏”，代表作《爱比死更冷》《玛利亚·布劳恩的婚姻》，其作品着重表现出第二次世界大战前后德国妇女的真实生活状况，极具社会性。

施隆多夫

新德国电影运动导演之一，代表作品《铁皮鼓》以独特的视点展现了第二次世界大战对德国民众的影响，许多内容和情节带有隐喻象征色彩，既反映了普通民众的精神道德状态，也击中了纳粹德国的政治要害。

基耶斯洛夫斯基

波兰电影导演，其电影被称为“道德焦虑电影”，代表作《十诫》《两生花》《蓝》《白》《红》。基耶斯洛夫斯基借法国国旗的颜色命名影片《蓝》《白》《红》，并在自由、平等、博爱的基础上将影片主题进行延伸。

库布里克

美国电影导演，其创作力求表现人生哲理，探讨人性和未来命运等哲学命题。代表作《2001 漫游太空》《发条橙子》《全金属外壳》等。

伍迪·艾伦

美国电影导演，不仅拍摄速度快、作品数量多，而且影片风格多样且多为自导自演，代表作《午夜巴黎》《开罗的紫玫瑰》《安妮·霍尔》。

弗朗西斯·科波拉

新好莱坞电影导演核心人物，其影片风格多在个人化和商业化之间徘徊，代表作《现代启示录》《教父》《教父续集》。《现代启示录》是一部反映越南战争的影片，揭示了战争使人异化和沦丧的反战主题。

马丁·斯科塞斯

美国电影导演，斯科塞斯的电影以独特视角冷静剖析社会种种顽疾，因而有人称他为“电影社会学家”。代表作《出租车司机》《愤怒的公牛》《无间行者》等。

乔治·卢卡斯

美国电影导演，善于运用现代电子特技表现宏伟电影场面，在世界范围内带动科幻电影和电脑特技的制作热潮。代表作《星球大战》《美国风情画》。

斯皮尔伯格

美国电影导演，善于表现儿童题材，其商业电影具有高科技、大投资等特点，斯皮尔伯格的创作之路也代表着当代美国乃至全球主流电影的发展历程。代表作《大白鲨》《外星人》《侏罗纪公园》《拯救大兵瑞恩》。《辛德勒名单》是一部具有“犹太人情结”的影片，斯皮尔伯格也凭借此片获得奥斯卡最佳导演奖。

大卫·芬奇

美国电影导演，其作品把关注的焦点都集中在人性和社会的黑暗面上，也被称为“不落俗套并与常规电影语言分道扬镳的导演”。代表作《七宗罪》《搏击俱乐部》《社交网络》《消失的爱人》等。

詹姆斯·卡梅隆

加拿大电影导演，他执导的《泰坦尼克号》《阿凡达》成为电影票房史上最卖座的两部电影，影片中善于运用电脑特技制作技术并且颇具革命性，推动了科幻电影和电脑特技在全球范围内的创新和发展。

蒂姆·伯顿

美国电影导演，蒂姆·伯顿的影片充分体现了他天马行空的想象力，其绮丽梦幻的影像风格已成为他导演风格标签。代表作《大鱼老爸》《僵尸新娘》《剪刀手爱德华》。

昆汀·塔伦蒂诺

美国电影导演，是20世纪90年代美国独立制片代表导演，作品多具有打破线性叙事、大量对白、场面暴力血腥等特点，开创新形式的电影暴力美学，极具风格化。代表作《低俗小说》《无耻混蛋》《被解放的姜戈》等。

吕克·贝松

法国电影导演，其作品既有欧洲艺术电影的文艺气息，也有商业电影的诸多元素，还具备好莱坞大片的影像气质，节奏明快，富有时尚感。代表作《这个杀手不太冷》《第五元素》等。

丹尼·博伊尔

英国电影导演，代表作《猜火车》从内容到形式都体现出狂放和叛逆，凭借《贫民窟的百万富翁》一片获得奥斯卡最佳导演奖，并担任2012年伦敦奥运会开闭幕式总导演。

阿巴斯

伊朗导演，拍摄的儿童题材电影《何处是我朋友家》真实质朴，让他第一次被西方世界所熟知，代表作《樱桃的滋味》以探讨人生生死问题的哲理高度为阿巴斯赢得戛纳电影节金棕榈大奖。

马基德·马基迪德

伊朗电影导演，拍摄的影片多弥漫浓浓温情，体现对社会底层的人文关怀，用略带粗糙的影像反映出质朴的风格。代表作《小鞋子》充分体现了马基德·马基迪德的导演艺术特色，获得奥斯卡最佳外语片提名殊荣。

陈英雄

越南电影导演，首部电影《青木瓜之味》具有浓重的越南民族气息，体现出东方式的内敛，第二部影片《三轮车夫》则荣获威尼斯电影节最佳影片金狮奖。

李沧东

韩国电影导演，善于挖掘小人物生活中最为感人的一面，从生活中寻找电影的本质，代表作《密阳》《绿洲》《诗》等。

金基德

韩国电影导演，题材丰富且形式感很强，以深邃悠远的思想审视生活、反思人性。代表作品有《空房间》《春夏秋冬又一春》《弓》等。

岩井俊二

日本电影导演，清新的影像风格中透出丰富细腻的感情，影片影像形式独特，具有“岩井美学”的独特风格。代表作《情书》《燕尾蝶》等。

宫崎骏

日本动画导演、漫画家，其动画作品技术精湛、主题温暖，将梦想、生存、坚持等人生主题植入动画之中，得到全世界观众的共鸣。代表作《千与千寻》《天空之城》，并于2014年被授予奥斯卡终身成就奖，成为继黑泽明之后第二位获此殊荣的日本导演。

北野武

日本电影导演、演员，有“日本电影新天皇”之称。影片视角独特，非警即匪或者边缘人。影片往往注重起因和结果，对过程进行淡化处理。代表作《花火》《坏孩子的天空》《菊次郎的夏天》等。

四、中外电影节及奖项

北京国际电影节

创办于2011年，每年举办一届，其主竞赛单元奖项为天坛奖，创办宗旨在于融汇国内国际电影资源，搭建展示交流交易平台。

上海国际电影节

创办于1993年，是中国第一个获国际电影制片人协会认可的国际A类电影节，最高奖项是金爵奖。

金鸡百花电影节

中国历史最为悠久，影响和规模最大、最专业、最具权威性的电影评奖活动，被外界誉为“中国奥斯卡”，是中国唯一一个国家级的电影节。

金鸡奖是中国最权威最专业的电影奖，诞生于1981年，以金鸡啼晓激励电影工作者闻鸡起舞。金鸡奖邀请中国国内最具权威的电影艺术家组成评奖委员会，因此又被称为“专家奖”。

百花奖是中国历史最为悠久的电影奖，创办于1962年，用“百花”命名是为了体现“百花齐放、百家争鸣”的文艺方针，百花奖由观众投票产生奖项，因此又被称为“观众奖”。

华表奖

创办于 1994 年，是中国电影界的政府奖，奖杯采用的是北京天安门城楼前的华表造型，体现党和国家对电影事业的热情鼓励和大力扶持，与中国电影金鸡奖、大众电影百花奖并称中国电影三大奖。

金牛奖

专为少年儿童题材电影设置的电影奖项，1985 年创立，两年一届。

骏马奖

专为少数民族题材电影设置的电影奖项，1993 年创立，每年一届。

香港电影金像奖

创立于 1982 年，旨在鼓励优秀香港电影的创作与发展的奖项，是香港电影业界年度最重要的活动，与中国电影金鸡百花奖、台湾电影金马奖并称华语电影三大奖。

台湾电影金马奖

台湾地区主办的电影奖项，创办于 1962 年，每年举办一届，创办目的是为了促进台湾地区电影制作事业和表扬对华语电影文化有杰出贡献的电影人，其评选对象面向所有华语电影和华语影人。

戛纳国际电影节

港台地区也译作康城（坎城）国际电影节，创立于 1939 年，是当今世界最具影响力、最顶尖的国际电影节，最高奖项是“金棕榈奖”。中国电影《霸王别姬》曾获戛纳金棕榈奖，《活着》和《鬼子来了》则获得评委会大奖。

威尼斯国际电影节

创办于 1932 年，是世界上第一个国际电影节，也是历史最悠久的电影节，有“国际电影节之父”之称，其最高奖项是“金狮奖”。

柏林国际电影节

创办于 1951 年，最高奖项是“金熊奖”。柏林电影节与华语电影颇有渊源：1987 年张艺谋凭借电影《红高粱》成为亚洲影史上首部获柏林国际电影节最高奖的影片；巩俐受邀担任第五十届柏林国际电影节评委会主席，成为柏林电影节最年轻的影人主席，也是第一位华人担任评委会主席；台湾导演李安先后凭借《喜宴》和《理智与情感》获得金熊奖，是世界首位双金熊得主。

奥斯卡金像奖

全称为美国电影艺术与科学学院奖，是美国表彰电影业成就的年度奖项，旨在鼓励优秀电影的创作与发展，从1929年开始每年评选颁发一次，奥斯卡金像奖不仅促进了美国电影艺术的发展，也对世界电影艺术的进步起到积极作用。

金球奖

美国年度电影和电视奖项，是美国影视界最重要的奖项之一，其颁奖时间先于奥斯卡不久，因此金球奖被许多人看作是奥斯卡奖的风向标。

圣丹斯国际电影节

由著名影人罗伯特·雷德福于1984年创办，以鼓励低成本和独立制作为宗旨，是重要的独立制片电影节，孕育培养了大批优秀电影人才，是好莱坞大制片公司的人才资源库。

数字集锦

【一】下篇

我国第一部中篇小说：鲁迅的《阿Q正传》

我国第一部杂文集：鲁迅的《坟》

我国第一部白话短篇小说集：鲁迅的《呐喊》

我国第一部散文诗集：鲁迅的《野草》

我国第一首长篇抒情诗：《离骚》

我国第一篇白话短篇小说：鲁迅的《狂人日记》

我国第一篇报告文学作品：夏衍的《包身工》

首位获得诺贝尔文学奖的中国作家：莫言

首位获得诺贝尔奖的亚洲人：泰戈尔

我国第一次以个人名字设立的文学奖：茅盾文学奖

我国第一部电影：《定军山》

我国历史上第一位奥斯卡奖获得者：苏聪（第六十届奥斯卡奖最佳原创音乐奖）

我国第一部比较完整的电影剧本：《申屠氏》（洪深）

我国第一部有声电影：《歌女红牡丹》

我国第一部国际获奖的影片：《渔光曲》

我国第一部彩色电影：《生死恨》

我国共产党建立的第一个电影机构：延安电影团

电影史上第一部西部片：《火车大劫案》（1904）

世界上第一部有声电影：美国电影《爵士歌王》（1927）

世界上第一部彩色电影：美国电影《浮华世界》（1935）

我国第一个国际 A 类电影节：上海国际电影节

世界上播出的第一部电视剧：《花言巧语的人》（1930 年英国 BBC 播出）

我国内地第一部情景喜剧：《我爱我家》（1993）

我国内地第一部电视剧：《一口菜饼子》（1958）

我国内地第一部电视连续剧：《敌营十八年》（1980）

第一届春节联欢晚会：1983 年中央电视台春节联欢晚会

世界上第一座广播电台：美国匹兹堡 KDKA 广播电台（1920 年 11 月 2 日设立）

中国人的第一座广播电台：哈尔滨广播电台（1926 年 10 月 1 日开播）

中国共产党领导的第一座广播电台：延安新华广播电台（1940 年 12 月 30 日在延安创办）

第一部真正意义上的歌剧：《奥菲欧》（意大利作曲家蒙特威尔第创作）

第一个运用脚尖跳舞的芭蕾演员：玛丽·塔里奥妮

“中国第一只白天鹅”：白淑湘（1958 年首演《天鹅湖》舞剧中的奥吉塔，1964 年首演芭蕾舞剧《红色娘子军》中的吴琼花）

拓展与回顾

1. **《文心雕龙》**是我国古代最杰出的文艺理论专著，作者是南北朝的**刘勰**。

2.《祝福》《伤逝》等小说出自鲁迅的小说集**《彷徨》**，鲁迅的另一部短篇小说集**《故事新编》**收的是历史题材的小说。

3. 冰心原名**谢婉莹**，是现代著名的女作家，她的代表作是散文集**《寄小读者》**。

4. 照相机上的控制速度的构件叫**快门**，**景深**指底片上结像焦点清晰范围的大小。

5. 画面上没有人物，只有风光或道具的镜头叫**空镜头**。摄影机直接代表片中某一人物的视角拍摄的镜头叫**主观镜头**。

6. 创作《中国人民解放军进行曲》《延安颂》的是著名作曲家**郑律成**。

7. 人们常说的“两会”是指**人民代表大会**和**政治协商会议**。

8. 短篇小说《最后一课》《柏林之围》的作者是法国爱国作家**都德**。

9. 中国画最擅长的题材有三类，即**山水**、**花鸟**和**人物**。

10. 设计并修改北京奥运会会徽、吉祥物的著名美术家是**韩美林**。

11. 楷书“欧体”的创始人是**欧阳询**，楷书“赵体”的创始人是元代的吴兴人**赵孟頫**。

12. 19 世纪法国浪漫主义文学的杰出代表是**雨果**，他的代表作是**《巴黎圣母院》**《悲惨世界》。

13. 果戈理是 19 世纪俄国的讽刺作家，代表作有长篇小说**《死魂灵》**、喜剧**《钦差大臣》**。

14.《汤姆·索亚历险记》和《哈克贝利·费恩历险记》的作者是美国作家**马克·吐温**。

15. 杜甫、曹雪芹、鲁迅、巴尔扎克、狄更斯等作家属于**现实主义流派**；屈原、李白、郭沫若、歌德、拜伦等作家属于**浪漫主义流派**。

16. **茅盾文学奖**和**鲁迅文学奖**是中国文学界的两个奖项，茅盾文学奖专门奖励**长篇小说**；鲁迅文学奖奖励**其他文学体裁**。

17. 宋词第一个专业词人是**柳永**，多写城市风貌和歌女生活。

18.《三国演义》里的**张飞**，《水浒传》里的**李逵**，是我国古代文学中典型鲁莽急躁的人物形象。

19. 1931 年，国民党杀害了五位青年作家，史称“左联五烈士”。他们是中篇小说《二月》的作者**柔石**，诗人**殷夫**，此外还有**李伟森**、**胡也频**、**冯铿**。

20. 著名歌剧《白毛女》是诗人**贺敬之**的代表作。

21. 以赵树理为代表的一批擅写山西农村生活的作家群被称为**山药蛋派**，以孙犁为代表的一批擅写河北农村生活的作家群被称为**荷花淀派**。

22. 世界音乐之城是奥地利的维也纳，被誉为**乐都**。维也纳的新年音乐会每年元旦都在它的**金色大厅**举行。

23. 拉丁美洲的舞蹈热情奔放，被称为“探戈王国”的是**阿根廷**，被称为“桑巴王国”的是**巴西**。

24. 赵丽蓉是著名小品演员，代表作有《英雄母亲的一天》**《如此包装》**《打工奇遇》等，她原来是一名**评剧**演员，代表作品有《花为媒》《小二黑结婚》。

25. 旅美音乐家**谭盾**曾创作过《天地人》等乐曲，并为歌剧《马可·波罗》、电影**《卧虎藏龙》**作曲。

26. 明末音乐家**朱载堉**首创“新法密律”，是中国音乐史上最早的十二平均律理论。

27. 当代世界有三大男高音歌唱家，他们是意大利的**帕瓦罗蒂**、西班牙的**多明戈**和**卡雷拉斯**。

28. 交谊舞中三步舞也称作圆舞，又译为**华尔兹**舞，它以旋转为主，源于18世纪的**奥地利**。

29. 相声艺术的奠基人是晚清的**朱绍文**，艺名“穷不怕”。当代相声艺术大师有满族演员**侯宝林**。

30. 世界上第一座电视台于**1936**年在英国伦敦开播。

31. 古希腊的**阿里斯托芬**被称为“喜剧之父”。他的代表剧作是**《阿卡奈人》**。

32. 香港著名的作家金庸总共创作了14部长篇武侠小说，其代表作为**《射雕英雄传》**《天龙八部》等，而**《鹿鼎记》**是他的封笔之作。

33. 美国的CNN（即**有线电视新闻网**）是世界上第一家全天候不间断播出新闻的电视台，创办人是**特纳**。

34. 世界三大宗教指**佛教**、**基督教**和**伊斯兰教**。

35. 诗人王维被称为**“诗佛”**，他创作的画被人形容为**“画中有诗，诗中有画”**。

36. 世界上有六大新闻通讯社：即美国的**美联社**和**合众国际社**、英国的**路透社**、法国的**法新社**、俄罗斯的**俄通社**和中国的**新华社**。

37.《霸王别姬》是京剧名演员**梅兰芳**的代表剧目。与它同名的还有一部电影故事片，由**陈凯歌**导演，张丰毅、张国荣主演，并荣获第46届戛纳国际电影节金棕榈奖。

38. 欧洲联盟（欧盟）英文缩写为**EU**，联合国英文缩写为**UN**，世界贸易组织英文缩写为**WTO**，亚洲及太平洋经济合作组织英文缩写为**APEC**。

39. 关于艺术的起源，有**模仿说**、**游戏说**、**表现说**、**巫术说**、**宗教说**、**劳动说**六种。

40. 春秋战国时，我国思想文化界出现“百家争鸣”的局面，其中老子、庄子属于**道家**，而孔子、孟子、荀子属于**儒家**，韩非子属于**法家**。

41. 茅盾短篇小说的名作是**《春蚕》**和**《林家铺子》**，分别反映20世纪30年代中国农民和城镇老板的破产，叶圣陶的短篇小说**《多收了三五斗》**写的也是农民破产的故事。

42. 新中国电影的三大基地分别在北京、**上海**和长春。此外还有在**成都**的峨眉电影制片厂，在长沙的**潇湘电影制片厂**。

43. 中国历史上第一个皇帝是**嬴政**，即秦始皇；中国历史上最后一个皇帝是溥仪，年号为**宣统**。

44. 天干地支简称为干支。**甲、乙、丙、丁、戊、己、庚、辛、壬、癸**总称为十天干，**子、丑、寅、卯、辰、巳、午、未、申、酉、戌、亥**叫作十二地支，天干地支组成了古代历法纪年。

45. 由于**冥王星**被国际天文学会开除出行星之列，所以太阳系只剩下 8 大行星。其中**水星**距太阳最近。

46. **毕加索**是西班牙现代画家，杰出的和平战士，参加过反抗法西斯的斗争。他的名画有**《格尔尼卡》**和**《和平鸽》**等。

47. 纪君祥的杂剧**《赵氏孤儿》**是我国第一个介绍到欧洲演出的剧目。

48. 京剧的“四大名旦”指**梅兰芳**、**程砚秋**、**尚小云**和**荀慧生**。

第二章

广播电视常识

CHAPTER

02

一、广播基本常识

广播的诞生

1906 年美国人费森登在纽约附近进行了第一次广播，被公认为是广播的诞生。中国的第一座广播电台建于 1923 年 1 月，首先在上海播出。

英国广播公司（BBC）

英国广播公司（British Broadcasting Corporation）简称 BBC，1922 年成立，英国最大的新闻广播机构，也是世界上最大的新闻广播机构之一。英国广播公司有 10 个电台频道，大多以新闻报道为主。

美国三大广播公司

全美三大广播公司分别为：美国广播公司（ABC）、全国广播公司（NBC）、哥伦比亚广播公司（CBS）。

美国广播公司（ABC）

美国广播公司（American Broadcasting Corporation）简称 ABC，是美国三大商业广播电视公司之一，也是美国观众最多的电视网，目前的最大股东为迪士尼公司。

全国广播公司（NBC）

全国广播公司（National Broadcasting Company）简称 NBC，于 1926 年由美国无线电公司成立，美国三大商业广播电视公司之一。全国广播公司以大胆革新而闻名，其创作的《老友记》已成情景喜剧的经典之作。

哥伦比亚广播公司（CBS）

哥伦比亚广播公司（Columbia Broadcasting System）简称 CBS，于 1927 年成立。美国三大商业广播电视公司之一，代表电视节目有《晚间新闻》和《60 分钟》。

哈尔滨广播电台

中国第一家自办广播电台，由刘瀚于 1926 年创办。

中央广播电台

国民政府定都南京后设立的电台，1928 年 8 月 1 日在南京正式播音。是继中央通讯社、《中央日报》之后，国民党创办的第三个全国性中央宣传机构。

延安新华广播电台

1940 年 12 月 30 日成立于陕西延安。1949 年 12 月 5 日更名为中央人民广播电台，成为全国性广播电台。

中央人民广播电台（CNR）

中央人民广播电台（China National Radio）简称 CNR，是中国国家广播电台，与中国国际广播电台、中国中央电视台并称为权威的中央三大台。中央人民广播电台是中国唯一覆盖全国的广播电台，其播出栏目有中国之声、经济之声、音乐之声等。

中国之声

中央人民广播电台第一套节目，也是中国广播领域唯一能覆盖全国的广播节目，是中国新闻广播第一品牌。主要节目有《直播中国》《中国大舞台》等。

中国国际广播电台（CRI）

中国国际广播电台（China Radio International）简称 CRI，起源于延安新华广播电台日语广播，是中国唯一向全世界广播的国家广播电台。中国国际广播电台使用 65 种语言向全世界传播，已经成为世界主要国际广播电台之一。

北京广播学院

北京广播学院（现更名“中国传媒大学”）前身为 1954 年成立的中央广播事业局广播技术人员训练班，1959 年北京广播学院正式成立，2004 年更名为中国传媒大学（Communication University of China）。建校 50 多年来，学校培养了大批信息传播领域高层次人才，为党和国家的传媒事业以及经济社会发展作出了重要贡献，被誉为“中国广播电视及传媒人才摇篮”“信息传播领域知名学府”。

广播剧

为适应电台广播需要而产生的一种播音艺术形式。以人物对话和解说为基础，并利用音乐伴奏、音响效果来渲染气氛。人物对话是推动剧情发展的主要手段，由于听众只能凭听觉收听节目，因而广播剧不宜表现众多人物和复杂场面，故事线索力求简单。

二、电视基本常识

电视

利用电子技术及设备传送活动的图像画面和音频信号的媒介工具，电视机最早由英国工程师贝尔德在 1925 年发明，贝尔德因此被称为“电视之父”。世界上第一座电视台是英国广播公司（BBC）建立的，并于 1936 年 11 月 2 日在伦敦开始播出电视节目，这一天被公认为电视诞生日。

电视制式

世界上主要使用的电视广播制式有 PAL、NTSC、SECAM 三种，美国等欧美国家以及日韩、东南亚地区使用 NTSC 制式，俄罗斯则使用 SECAM 制式，中国大部分地区使用 PAL 制式。

电视艺术

一门迄今为止最年轻的艺术，它以电子技术为传播手段，以声画造型为传播方式，通过塑造鲜明的荧幕形象，再现和表现现实生活的艺术形态。电视艺术分为五类：电视剧、电视艺术片、电视综艺节目、电视文学和电视纪实艺术。

电视三基色

电视三基色即红色、绿色、蓝色，日常可见光谱中的大部分颜色都可以由这三种基本色光按不同的比例混合而成，三基色被广泛应用于电视机、监视器等主动发光的产品中。

直播

把后期制作和录制播出同时进行的一种播出方式，可分为现场直播和演播室直播。

电视直播可以随时跟踪报道现场真实情况，给人身临其境的现场感和同步进行的真实感，充分体现广播电视媒介传播优势。

录播

相对于直播而言，将电视节目进行现场录制，并对其进行后期制作和包装，做成完整电视节目并对外播出的一种播出方式。

制播分离

电视台将部分节目的制作和播出进行分离，并将节目的制作权委托制作人或公司，使节目的制作越来越专业化、精细化、品牌化。

非线性编辑

相对于传统上以时间顺序进行线性编辑而言的，非线性编辑借助计算机来进行数字化制作，突破单一的时间顺序编辑限制，可以按各种顺序排列，具有快捷简便、随机的特点。

4K 电视

像素分辨率为 4096×2160 的电视机，它的分辨率是 2K 和高清电视的 4 倍。观影过程中可以为观众提供更加清晰而逼真的观影感受。

IPTV

交互式网络电视，即综合利用互联网、多媒体技术，向用户终端提供多种交互式服务的崭新技术。

电视跨屏互动

将不同设备终端（如手机、平板电脑、电视、电脑等）的屏幕通过 WIFI 网络连接在一起，可进行音频、视频、图片等内容的传输、控制等一系列操作，在不同的平台上共享内容。

三网融合

又叫三网合一，指电信网络、有线电视网络和互联网之间相互渗透、互相兼容、并逐步整合成为全世界统一的信息通信网络，其中互联网是其核心部分。

音乐电视（MTV）

运用电视制作手段，以视听语言为表现形式，通过抒发音乐给观众以审美愉悦的电视艺术形式，是电视艺术与音乐艺术相结合所产生的新的作品形态。

中国电视的三大奖项

即中国电视金鹰奖、白玉兰奖和飞天奖，其中金鹰奖代表专家与观众的肯定，白玉兰奖代表行业的肯定，飞天奖代表政府的肯定，三个奖项中白玉兰奖是国际性最强的奖项。

中国中央电视台

中国中央电视台（China Central Television）是中华人民共和国国家电视台。初名为北京电视台，1978年5月1日改名为中央电视台，英文简称CCTV，中央电视台与中央人民广播电台、中国国际广播电台并称中央三大台。

主要播出频道有：CCTV-1综合频道，CCTV-2财经频道，CCTV-3综艺频道，CCTV-4中文国际频道，CCTV-5体育频道，CCTV-6电影频道，CCTV-7军事，农业频道，CCTV-8电视剧频道，CCTV-9纪录频道，CCTV-10科教频道，CCTV-11戏曲频道，CCTV-12社会与法频道，CCTV-13新闻频道，CCTV-14少儿频道，CCTV-15音乐频道。

湖南卫视

湖南广播电视台卫星频道，昵称芒果台。2004年湖南卫视正式确定打造“中国最具活力的电视娱乐品牌”的目标，秉持“快乐中国”的核心理念，创作出一大批热门综艺节目：《快乐大本营》《天天向上》《我是歌手》《爸爸去哪儿》《花儿与少年》等。湖南卫视播出的电视剧以偶像时装、偶像古装、家庭时装为主，符合受众爱好和平台定位。

浙江卫视

1994年正式上星播出，2008年浙江卫视进行改版，树立“中国蓝”品牌，并推出《中国好声音》《奔跑吧兄弟》《我爱记歌词》《十二道锋味》等一系列品牌综艺节目，收视稳居省级卫视前三名。

江苏卫视

1997年上星播出，频道将电视栏目分为新闻、娱乐、电视剧三大板块，以“幸福中国”为卫视宣传口号，推出《非诚勿扰》《一站到底》《最强大脑》等电视栏目。

TVB

电视广播有限公司（Television Broadcasts Limited）简称TVB，于1967年11月19日由利孝和、祁德尊、邵逸夫等人创办正式开业，也称为“香港无线电视台”。自成立以来，电视剧一直都是TVB的品牌产品，并培养出许多演艺团队和明星，成为香港流行文化的重要组成部分。

凤凰卫视

1996年开播，董事局主席为刘长乐，其主要目标对象是包括海外华人观众在内的全世界观众，现已成为华语媒体中最有影响力的媒体之一。凤凰卫视主要有六条频道及两大媒体，六条频道：中文频道、资讯频道、欧洲频道、美洲频道、香港频道、电影频道；两大媒体：《凤凰周刊》、凤凰新媒体（凤凰网等）。知名栏目有《凤凰大视野》《锵锵三人行》《新闻早班车》《鲁豫有约》等。

数字集锦

【二】

“二为”方针：即“文艺为人民服务，为社会主义服务”（1942年5月毛泽东《在延安文艺座谈会上的讲话》提出）

“双百”方针：即“百花齐放、百家争鸣”（20世纪50年代毛泽东提出的文化发展政策）

“两结合”方针：即“革命的现实主义与革命的浪漫主义相结合”（ 1958年毛泽东提出的文艺的创作方法）

书法“二王”：王羲之、王献之

中国绘画“南北二石”：齐白石、傅抱石

三、电视栏目基础常识

电视栏目

把题材内容、性质、功能作用、节目形态相近的节目归纳在某一时期、时段播出，称其为“电视栏目”，在一定时期或特殊情况下还可以开设特别栏目，叫作特别报道或特别节目。

新闻资讯类节目

以新闻材料为基础制作而成的电视节目，此类节目以信息量大为标志，时效性、广泛性、指向性是其主要特质，《新闻联播》《新闻 30 分》是新闻资讯类代表节目。

《新闻 30 分》

中央电视台于 1995 年 4 月创办的一档新闻栏目，每天中午 12 点由中央电视台综合频道和新闻频道并机播出，是中央电视台十大栏目之一。

文艺晚会类节目

文艺晚会也叫综艺晚会，是区别于专题性晚会的一种晚会形式。深受不同年龄、文化、职业观众的喜爱，具有较为广泛的观众基础，文艺晚会类节目代表为中央电视台春节联欢晚会。

春节联欢晚会

简称“春晚”，1983 年推出首届春节联欢晚会，是中央电视台在每年农历除夕晚上为庆祝农历新年举办的综艺性文艺晚会。节目时间由农历除夕北京时间 20 时一直持续到正月初一午夜，是世界上收视率最高、播出时间最长、演员最多的综艺晚会。

跨年晚会

公历 12 月 31 日各电视台为喜迎元旦而演出的文艺晚会，元旦跨年晚会首先出现在港台地区。跨年晚会因形式的不同在各地区和各时期或许有名称的不同，如央视跨年盛典、湖南卫视跨年演唱会等。

综艺娱乐类节目

一种包含多种娱乐元素，发挥电视娱乐功能、使观众精神愉悦的节目形态，通常邀请明星嘉宾现场参加活动，并以音乐、舞蹈等娱乐形式烘托搞笑气氛，代表节目《快乐大本营》。

《快乐大本营》

湖南卫视于 1997 年 7 月 11 日开办的一档综艺性娱乐节目，由何炅、谢娜、李维嘉、杜海涛、吴昕担任主持。节目内容以“嘉宾 + 主持人 + 观众”的游戏互动为主，辅以歌舞和其他形式的演出，突出“快乐至上、娱乐天下”的节目理念。

文化科教类节目

文化科教类节目是顺应“科教兴国”方略，以提高国民素质为宗旨，以教育、科学、文化为题材内容的电视节目类型。代表栏目有《百家讲坛》《这里是北京》等。

《百家讲坛》

中央电视台科教频道（CCTV-10）的品牌栏目，栏目选材多以文化题材为主，较多涉及中国历史、儒家文化，自 2001 年 7 月 9 日开播以来，以其平易近人的节目风格深受观众喜爱。

生活服务类节目

为人们的需求提供知识、信息等实际帮助的电视节目，从内容上分为：对日常生活需求的服务、对婚恋交友交往的服务、对心理情感纠纷的服务、对生命健康安全的服务、对时尚物质消费的服务等。代表节目有《非诚勿扰》《养生堂》等。

《非诚勿扰》

江苏卫视 2010 年播出的一档生活服务类节目，节目中 24 位女嘉宾以亮灯和灭灯方式来决定男嘉宾的去留，并经过“爱之初体验”“爱之再判断”“爱之终决选”“男生权利”“爆灯”“动心女生”等环节增加节目趣味性和悬念感。

儿童成长类节目

儿童成长类节目的核心理念是尊重、支持、引导、快乐，其作用为帮助少年儿童发掘自身潜能，引导少年儿童健康成长。2003 年中央电视台以少年儿童为对象正式开播少儿频道，代表栏目有《大风车》《智慧树》等。

《大风车》

1995 年正式开播，是我国最具影响力的儿童电视栏目。它以 3 至 14 岁儿童为收视对象，推出了众多充满童趣的子栏目，同时也推出了鞠萍姐姐、董浩叔叔、“金龟子”“月亮姐姐”等家喻户晓的儿童节目主持人。

采访谈话类节目

主持人邀请被采访嘉宾，围绕嘉宾个人或公众普遍关注的问题展开采访或讨论的一种电视节目形态，按照内容可分为综艺娱乐类、新闻信息类、人际关系类、专题对象类。

《杨澜访谈录》

2001年开播，是国内最早推出的高端访谈电视节目。节目秉承着“记录时代的精神印迹”的理念，主持人杨澜与世界知名人士就政治、经济、社会、文化等众多领域的热点话题进行探讨，《杨澜访谈录》已采访了全球800多位各界精英人士。

益智竞赛类节目

以电视传播的手段，提高和增进观众知识水平的电视节目样式。此类节目既寓教于乐又带有悬念竞争意味，集趣味、益智、知识、奖金、紧张、幽默于一身，并且节目面向普通受众，增强观众的参与意识。

《一站到底》

江苏卫视打造的一档全新益智竞赛类节目，它打破以往答题类节目的固定模式，采用答题者与答题者对战的模式，一旦失败随即掉下擂台，能否坚持到最后并“一站到底”，成为观众最期待的悬念。

脱口秀类节目

脱口秀（Talk Show）是谈话节目的一种，其节目形态是观众聚集在一起讨论主持人提出的话题的广播或电视节目。国内较为有代表性的脱口秀节目有《今晚80后脱口秀》，国外则是奥普拉·温弗瑞的《奥普拉脱口秀》。

《今晚80后脱口秀》

东方卫视2012年推出的高端文化脱口秀，主持人王自健幽默但不失智慧，风趣又饱含锐度，节目风格贴近生活，是中国唯一一档欧美风格脱口秀节目。

真人秀类节目

多由普通人或演员在规定的情景中，按照既定的游戏规则，为了一个明确的目的做出自己的行动，同时被记录下来做成的电视节目。此类节目具有真实性、戏剧性、游戏性等特点，可以将参与者最真实的一面展现给观众。代表节目有《奔跑吧兄弟》《爸爸去哪儿》《我是歌手》《中国好声音》等。

《奔跑吧兄弟》

浙江卫视引进韩国 SBS 电视台综艺节目《Running Man》推出的大型户外竞技真人秀节目，由浙江卫视和韩国 SBS 联合制作。节目由 7 位艺人为固定嘉宾，以个人或团队的形式参与游戏，最终通过“撕名牌”或其他形式决出胜负。

《爸爸去哪儿》

湖南卫视 2013 年推出的亲子户外真人秀节目，节目为季播，第一季共 12 期。该节目版权和模式购自韩国 MBC 电视台的《爸爸！我们去哪儿？》，节目将视角对准亲子关系，五位明星爸爸跟子女进行 72 小时的乡村体验，也是中国首档大型明星亲子生存体验真人秀节目。

《我是歌手》

湖南卫视从韩国 MBC 引进推出的歌唱真人秀节目，其核心部分由歌手、专家顾问团及 500 位听审团组成，每期邀请 7 位已经成名的歌手之间进行竞赛，节目由洪涛团队打造并以季播的方式于 2013 年推出第一季。

《中国好声音》

由浙江卫视联合灿星制作强力打造的大型励志专业音乐评论节目，也是中国电视历史上真正意义的首次制播分离。节目包含“导师分班”“导师考核”两个阶段，每个阶段通过演唱歌曲的形式来淘汰选手，2012 年播出第一季。

四、电视剧基础常识

电视剧

用蒙太奇思维和视听语言创作的电视戏剧作品。与电影故事片类同，其不同点在于传播方式的差异，电视剧注重家庭收看的随意性。收视环境、收视心理的差异使电视剧在题材方面更多地体现出大众文化的特征和寓教于乐的教育功能。

电视单本剧

由一个完整的故事或情节构成的，有情节起、承、转、合的完整脉络，而且是一次将戏演完的电视剧艺术形式。相对于一般剧本来讲更简略，但内容相对较少，剧情发展迅速。

电视连续剧

电视剧的一种形式，电视连续剧不止一集，后集的情节与前集一般都有关联，人物的角色和表演一般也都是连续的，现在电视上播出的电视剧大多都是连续剧。

电视系列剧

电视剧的一种形式，没有首尾连贯的故事情节且分集播出。系列剧通常是主要人物贯穿全剧，而故事情节却与其他剧集不相联系。有的系列剧具有贯穿始终的统一主题，但人物与情节每集更新。

情景喜剧

一类具有喜剧风格特征的电视系列剧，时间长度一般为 30 ~ 40 分钟，以播出时伴随现场观众（或后期合成）的笑声为主要外部特征。我国第一部情景喜剧是 1993 年的《我爱我家》，其他代表作品《东北一家人》《武林外传》《家有儿女》等。

肥皂剧

以家庭问题为题材的广播或电视连续剧，以家庭妇女为主要观众，以家庭日用品为赞助商，以普通家庭生活环境为背景的长篇电视连续剧，因最初在播放过程中插播肥皂等生活用品广告而得名“肥皂剧”。

《一口菜饼子》

中国内地第一部电视剧，于 1958 年 6 月 15 日在北京电视台（今中央电视台）播出。由于技术限制电视剧在现场搭置的实景中拍摄并同步直播，并且全长只有 20 多分钟，但确是中国电视剧的开篇之作。

《敌营十八年》

中央电视台于1980年摄制的九集电视连续剧，是中国内地拍摄的第一部电视连续剧，导演王扶林、编剧唐佩琳、主演张连文，2008年重新拍摄。

《渴望》

由北京电视艺术中心1990年出品摄制的50集电视连续剧，由鲁晓威、赵宝刚导演，张凯丽、李雪健主演。被称为中国电视剧发展的历史性转折的里程碑，以写实的视角直面真实的社会和时代，揭示了人们对美好生活的渴望。

《我爱我家》

由英达执导，梁左编剧，宋丹丹、文兴宇、杨立新、梁天、关凌主演的家庭情景喜剧，是国外情景喜剧与我国小品、室内剧等艺术形式相结合的电视作品，开创了中国内地情景喜剧的先河。

《红楼梦》

根据中国古典文学名著《红楼梦》摄制的一部36集古装连续剧，导演王扶林，周汝昌、王蒙、曹禺、周岭等多位红学家参与制作，被誉为“中国电视史上的绝妙篇章”和“不可逾越的经典”。

《士兵突击》

由康洪雷导演、兰晓龙编剧的30集电视剧，由王宝强、陈思成、段奕宏、张国强等主演，本剧以军事、励志为题材，全剧围绕“不抛弃、不放弃”主题，讲述普通士兵许三多的成长历程。上映后反响强烈，获得第27届飞天奖、第24届金鹰奖优秀电视剧奖等多个奖项。

《甄嬛传》

由郑晓龙导演，流潋紫编剧的古装清宫电视剧，由孙俪、陈建斌主演，北京电视艺术中心制作。讲述甄嬛从一个不谙世事的单纯少女成长为一个善于谋权的深宫妇人的故事，自播出之日起便不断刷新收视纪录，并成为首部在美国主流电视台播出的中国电视剧。

郑晓龙

著名电视剧导演，电视剧代表作品有《渴望》《四世同堂》《编辑部的故事》《北京人在纽约》《金婚》《甄嬛传》《红高粱》等。

赵宝刚

著名电视剧导演，电视剧代表作品有《过把瘾》《永不瞑目》《像雾像雨又像风》《拿什么拯救你，我的爱人》《别了，温哥华》《奋斗》《北京青年》《我的青春谁做主》等。

张纪中

著名电视剧制片人，参与制作的电视剧有《蓝色妖姬》《笑傲江湖》《射雕英雄传》《天龙八部》《神雕侠侣》《鹿鼎记》《西游记》。

沈好放

著名电视剧导演，电视剧代表作品有《贫嘴张大民的幸福生活》《任长霞》《戈壁母亲》等。

李少红

著名女导演，电视剧代表作品有《雷雨》《大明宫词》《橘子红了》、新版《红楼梦》等。

胡玫

著名女导演，电视剧代表作品有《雍正王朝》《乔家大院》《汉武大帝》等。

高希希

著名电视剧导演，电视剧代表作品有《历史的天空》《搭错车》《幸福像花儿一样》《新上海滩》《甜蜜蜜》、新版《三国》《毛泽东》等。

康洪雷

著名电视剧导演，电视剧代表作品有《激情燃烧的岁月》《士兵突击》《我的团长我的团》等。

英达

著名电视剧导演，擅长情景喜剧制作，电视剧代表作品有《我爱我家》《闲人马大姐》

《东北一家人》《巴哥正传》《地下交通站》等。

尤小刚

著名电视剧导演，开创了“秘史剧”类型的电视剧，代表作品有《孝庄秘史》《皇太子秘史》《太祖秘史》《杨贵妃秘史》《西施秘史》等。

郭靖宇

著名电视剧导演，其作品多为“年代传奇剧”，代表作有《铁梨花》《打狗棍》《红娘子》《勇敢的心》。

尚敬

著名导演，电视剧代表作品有《都市男女》《武林外传》《炊事班的故事》等。

五、电视纪录 / 专题片基础常识

电视纪录片

纪录型的电视专题报道类节目，是运用电视艺术制作方式，对政治经济文化等新闻题材作较为系统完整的纪实报道。电视纪录片具有纪实性、真实性的艺术特点，着重展现生活原貌并排斥虚假和表演。

《舌尖上的中国》

中央电视台制作播出的美食类纪录片，主要内容为中国各地的美食生态。通过对中华美食的多个侧面的纪录，展现中华饮食文化的精致和源远流长，2012 年 5 月在中央电视台首播。

《大国崛起》

一部 12 集电视纪录片，记录了葡萄牙、西班牙、荷兰、英国、法国、德国、俄国、日本、美国九个世界大国相继崛起的历史过程，2006 年在中央电视台经济频道首播。

《再说长江》

一部33集大型电视纪录片，也是纪录片《话说长江》的续篇。纪录片以故事为核心串联全片，以点带面的展示出更加广阔而鲜活的长江，2006年在中央电视台首播。

数字集锦

【三】上篇

文艺创作“三贴近”：贴近实际、贴近生活、贴近群众

三曹：曹操、曹丕、曹植

三苏：苏洵、苏轼、苏辙

三言二拍：三言：《喻世明言》《警世通言》《醒世恒言》

二拍：《初刻拍案惊奇》《二刻拍案惊奇》

20世纪三大显学：红学、甲骨学、敦煌学

高尔基三部曲自传体小说：《童年》《在人间》《我的大学》

巴金激流三部曲：《家》《春》《秋》

巴金爱情三部曲：《雾》《雨》《电》

洪深“农村三部曲”：《五奎桥》《香稻米》《青龙潭》

茅盾“农村三部曲”：《春蚕》《秋收》《残冬》

曹禺“话剧三部曲”：《雷雨》《日出》《原野》

冯德英“三花”：《苦菜花》《迎春花》《山菊花》

杨沫“青春三部曲”：《青春之歌》《芳菲之歌》《英华之歌》

但丁“神曲三部曲”：《地狱》《炼狱》《天堂》

博马舍“费加罗三部曲”：《塞维利亚的理发师》《费加罗的婚礼》《有罪的母亲》

中国武侠小说三大宗师：金庸、古龙、梁羽生

三大表演体系：斯坦尼斯拉夫斯基体系、布莱希特体系、梅兰芳京剧表演体系

世界三大宗教：佛教、基督教、伊斯兰教

拓展与回顾

1. 美国的**全国广播公司**、**哥伦比亚广播公司**和**美国广播公司**合称为美国三大广播公司，后来都兼播电视。

2. 画面上只有一个人的头部，类似这种范围的景别叫**特写**，它最擅长表达人物的**表情**。

3.《人民日报》是中共中央的机关报，**《解放军报》**是中共中央军委的机关报，**《中国青年报》**是中国共青团的机关报。

4. 从 1966 年到 1976 年，“文化大革命”共持续十年时间，1978 年，以**十一届三中全会**为标志，中国进入了改革开放的新时期。

5. 现任联合国秘书长是**潘基文**。联合国改革以前，安理会有 **15** 个理事国，其中**中**、**美**、**俄**、**英**、**法**五国为常任理事国。

6. 我们常说的“十二五”是指**国民经济和社会发展第十二个五年规划纲要**。

7. 澳大利亚的首都是**堪培拉**，韩国首都是**首尔**。

8. **徐悲鸿**是杰出的画家、美术教育家。以擅长画马而著称，曾参与创办中央美术学院。

9. 中国最著名的毛笔是产于浙江**湖州**的“湖笔”；最著名的国画用纸是产生于安徽**泾县**的“宣纸”（泾县隶属宣城市）。

10. 声乐按演唱风格一般分为**美声**唱法、**民族**唱法、**通俗**唱法和**原生态**唱法。

11.《一个陌生女子的来信》的作者是奥地利作家**茨威格**，《变形记》的作者是奥地利作家**卡夫卡**。

12. 高尔基是苏联**社会主义现实主义**文学的奠基人，他的代表作**《母亲》**是世界上第一部正面歌颂无产阶级革命斗争的作品。他的自传体三部曲为**《童年》**、**《在人间》**和**《我的大学》**。

13. 莎士比亚是英国文艺复兴时期最伟大的戏剧家和诗人，一生创作了 37 部剧本，其中“四大悲剧”包括**《哈姆雷特》**、**《奥赛罗》**、**《麦克白》**、**《李尔王》**。

14. 莫泊桑是法国杰出的作家，代表小说**《羊脂球》**、**《我的叔叔于勒》**、**《项链》**。

15. 挪威戏剧家**易卜生**被誉为“现代戏剧之父”，他擅长写**社会问题剧**，其代表作**《玩偶之家》**。

16. 清乾隆年间，**四大徽班**进京演出，标志着京剧的成熟，被称为“国粹”。

17. 电影诞生于 **1895** 年，发明人是法国**卢米埃尔兄弟**。

18. 在日本诸多明星中，**山口百惠**凭借电视剧《血疑》为人所熟知，其丈夫为日本著名影星**三浦友和**。

19.《浮躁》《废都》等小说的作者是**贾平凹**，《我是你爸爸》《过把瘾就死》的作者是**王朔**。

20. 现任中国作家协会主席是著名女作家**铁凝**。

21. 信天游是流行于陕北一带的民歌，**江南丝竹**是流行于江浙一带的民间器乐。

22. 冼星海是中国革命音乐的奠基人，1939 年创作**《黄河大合唱》**，由诗人**光未然**作词，成为中国音乐史上的经典作品。

23. 芭蕾舞剧《天鹅湖》的曲作者是俄国的**柴可夫斯基**，主演这部歌剧的是著名女舞蹈家**乌兰诺娃**。

24. 相声艺术的四项基本功是**说**、**学**、**逗**、**唱**，而我国戏曲艺术中的四项基本功是**唱**、**念**、**做**、**打**。

25. **斯坦尼斯拉夫斯基**是俄国著名的戏剧艺术家，开创了“斯坦尼斯拉夫斯基体系”，他的著作《我的艺术生活》和**《演员的自我修养》**是各国戏剧教学的必读教材。

26. 中央电视台的第 4 频道是**国际**频道，第 8 频道是**电视剧**频道，中央电视台的第 7 频道是**军事、农业**频道，第 11 频道是**戏曲**频道。

27. 19 世纪世界文坛上有三大短篇小说之王，他们是法国的**莫泊桑**、美国的**欧·亨利**和俄国的**契诃夫**。

28. 舞蹈主要分为芭蕾舞、**现代舞**、**古典舞**和**民族舞**。

29.《梁山伯与祝英台》是越剧的代表剧目，主演为**袁雪芬**和范瑞娟等。1959 年**陈刚、何占豪**根据它的曲调创作了小提琴协奏曲《梁祝》。周恩来曾向外宾介绍越剧戏曲电影《梁山伯与祝英台》是“**中国的《罗密欧与朱丽叶》**”。1963 年电影《梁山伯与祝英台》由香港**邵氏电影公司**制作，由**李翰祥**自编自导，乐蒂与凌波主演，影片全部歌曲皆采用**黄梅调**演唱。

30. 著名演员**赵本山**的小品代表作有《相亲》《昨天今天明天》《卖拐》《不差钱》等。除演影视剧和小品外，还擅演东北民间曲艺**二人转**。

31. 诗人贺敬之创作过歌曲《南泥湾》、歌剧**《白毛女》**等。他的夫人**柯岩**也是诗人，写过诗歌《周总理，你在哪里》、报告文学《船长》等。

32. 贝多芬创作过九部交响曲，其中《第五交响曲》的具体名称为**《命运》**，《第九交响曲》为“合唱”，**《欢乐颂》**是《第九交响曲》的一部分，现被定为欧盟的盟歌。

33. 笛福的小说**《鲁滨逊漂流记》**写一位商人只身漂流到荒岛的故事。

34. 美国最著名的女童星是**秀兰·邓波儿**，代表作《海蒂》《小公主》。1999 年，邓波儿以其童星时期的成就，被美国电影学会选为百年来最伟大的女演员第 **18** 名。

35. 美国流行乐坛的著名歌手有被称为“猫王”的**埃尔维斯·普雷斯利**，被称为“摇滚乐歌王”的**迈克尔·杰克逊**和著名女歌星**麦当娜**。

36. 萧伯纳是**爱尔兰**著名的戏剧家，代表剧作是**《华伦夫人的职业》**。

37.《茉莉花》是我国**江苏**省的民歌，由意大利歌剧家普契尼创作的**《图兰朵》**就采用了它的旋律。

38. 古希腊的**埃斯库罗斯**被称作“悲剧之父”，代表剧作是**《被缚的普罗米修斯》**。

39. 法国**戛纳**国际电影节的大奖是**金棕榈**奖，除电影观摩、评奖外，还是影片交易、宣传的平台。

40. 现代著名女作家**张爱玲**的代表作是《金锁记》，李安导演的电影《色·戒》就是根据她的小说改编的。

41. 我国河北的**吴桥**被誉为“杂技之乡”。

42. 说和唱是曲艺的两大类别，**相声**、**快板**属于说的类别，**弹词**、**大鼓**等属于唱的类别。

43. 1907年，**欧阳予倩**把美国长篇小说《汤姆叔叔的小屋》改编成话剧**《黑奴吁天录》**排演，它是中国第一部话剧。

44. 我国古代的文学（特别是诗歌）在不同的朝代各有盛行和繁荣的体裁形式，所以文学上有汉**赋**、唐**诗**、宋**词**、元**曲**、明清**小说**之称。

45. **1840**年的鸦片战争，标志着中国由封建社会逐步沦为半殖民地半封建的社会。**1919**年的五四运动，标志着中国革命由旧民主主义革命转变为新民主主义革命。

46. 中国古代第一位著名画家，是东晋时的**顾恺之**，他写有理论专著《画论》，著名画作有**《洛神赋图卷》**。

47. 书法界有“颜筋柳骨”之说，“颜”指**颜真卿**，“柳”指**柳公权**，分别创立了“颜体”和“柳体”楷书，二人又合称为**“颜柳”**。

48.《永别了，武器》《丧钟为谁而鸣》的作者是美国现代作家**海明威**，他的小说**《老人与海》**奠定了海明威在世界文学中的突出地位，并相继获得了1953年美国普利策奖和1954年诺贝尔**文学奖**。

第三章

文学常识

CHAPTER 03

一、中国古代文学

《诗经》

我国第一部诗歌总集，收录诗歌分为风、雅、颂三类。风是不同地区的地方音乐，大部分是民歌。雅是宫廷宴享或朝会时的乐歌，颂是宗庙祭祀的舞曲歌辞。

楚辞

一种诗体的名称，又是一部总集的名称。楚辞指战国时产生在楚地的由屈原汲取楚文化而创作的新型诗体，又称骚体，其特征为繁复的体制及句式的加长和“兮”字的大量运用，也指西汉刘向编辑的一部楚辞体诗歌集。

屈原

战国时期楚国人，在楚国民歌的基础上创造出楚辞文体，充满着浪漫主义精神，代表作《离骚》以现实与理想的对比为主线，借助充满神话色彩的比喻倾诉楚国命运和对人民的关心，其他作品有《天问》《九歌》等。

《论语》

春秋时期由孔子弟子收集编纂的记录孔子言行的语录体文集，集中地反映了孔子的思想，与《孟子》《大学》《中庸》并称四书。

《道德经》

即《老子》，由春秋时期哲学家、道家学派创始人老子所著，书中强调无为而治，追求自然本真，对我国古代哲学具有开创性意义，也对我国本土哲学的发展产生深刻影响。

《孟子》

战国时期孟子及其弟子记载的谈话文集，涉及政治、教育、哲学、伦理等学说和思想。孟子被尊为“亚圣”，是儒家的另一个代表人物，《孟子》也是四书之一。

《庄子》

又名《南华经》，是一部记录庄子言行的著作，又是道教的理论性著作，与《周易》《老子》合称“三玄”。《庄子》行文想象奇幻，构思巧妙，代表篇《逍遥游》。

四书五经

儒家经典著作，四书指：《大学》《论语》《孟子》《中庸》。五经是《诗》《书》《礼》《易》《春秋》。

《吕氏春秋》

秦相吕不韦招集门客编写而成的，《汉书》把它列为“杂家”。全书体例严谨，全书分十二纪、八览、六论，再加一篇序文，共161篇，篇章划分十分整齐。文风朴实畅达，用事说理颇为生动，并有丰富多彩的寓言，《刻舟求剑》就出自于此。

《史记》

西汉史学家、文学家司马迁的巨作。是我国纪传体史学的奠基之作，同时也是我国传记文学的开端，中国古代史传文学的高峰。全书包括十二本纪、三十世家、七十列传、八书、十表，共计一百三十篇，被鲁迅称为“史家之绝唱，无韵之离骚”。

汉赋四大家

即司马相如、杨雄、班固、张衡，代表了汉赋写作的最高水平，分别有代表作传世：司马相如《子虚赋》、杨雄《河东赋》、班固《两都赋》、张衡《西京赋》。

《汉书》

东汉班固编撰，我国第一部纪传体断代史，记录从汉高祖元年到王莽地皇四年共229年的历史。与《史记》《后汉书》《三国志》并称为“前四史”。

汉乐府

“乐府”最初指音乐机构，后来演变成诗体名称。汉乐府诗歌多对生活镜头的选取，故事情节完整曲折，代表作《孔雀东南飞》。

曹操

东汉末年杰出的政治家、军事家、文学家，对建安文学的兴起起了较强的促进作用。

曹操诗歌的内容多是对现实社会的反映，抒发自己的政治理想和抱负，代表作有《短歌行》《观沧海》。

曹植

建安时代著名的诗人，他的创作前期风格乐观浪漫，后期表达出理想与现实的矛盾。代表作有《浮萍篇》《白马篇》《洛神赋》等。

建安七子

曹丕所著《典论·论文》中称孔融、陈琳、王粲、徐干、阮瑀、应玚、刘桢为“七子”，代表作品有王粲《从军诗》、刘桢的《赠从弟》等。

建安风骨

汉末建安时代，以三曹父子为代表的作家们，一方面学习汉乐府描写社会动乱和民生疾苦，一方面歌咏自己的理想和抱负，形成一种悲凉慷慨、刚健有力的风格，后人称之为“建安风骨”“建安风力”。

竹林七贤

魏末晋初七位名士，即嵇康、阮籍、山涛、向秀、阮咸、王戎、刘伶，在文学创作以嵇康和阮籍为主，代表作有嵇康的《与山巨源绝交书》、阮籍的《咏怀》。

左思

西晋文学家，曾以《三都赋》名震京都，“洛阳纸贵”典故就出自于此。代表作《咏史》，其作品诗感情饱满、气势充沛，被称作“左思风力”。

陶渊明

东晋诗人，号五柳先生，田园诗派开创者，代表作有《归园田居》《饮酒》《归去来兮辞》《五柳先生传》《桃花源记》。

大小谢

南朝诗人谢灵运、谢朓，谢灵运诗歌成为南朝诗风的主流，也是山水诗的开创者，谢朓也以山水诗闻名于世，所以两人并称“二谢”。

《搜神记》

东晋干宝所著的志怪小说。记述了约400篇神异故事，故事大多篇幅短小、情节简单、设想奇幻，是南北朝志怪小说中的经典之作，对之后唐传奇的发展产生了深厚的影响，具有广泛的社会意义。

《世说新语》

南朝刘义庆编著的笔记体小说。全书分德行、言语、政事、文学等三十六门，主要是记录魏晋名士的逸闻轶事，语言风格简洁冷峻、含蓄隽永。

《文心雕龙》

南朝文学家刘勰所著的中国文学史上第一部系统的古代文学理论著作，在中国文学理论史上占有重要地位。

《水经注》

北魏郦道元著，是为汉代桑钦所作的记载全国水道的地理书《水经》所作的注疏。郦道元从自身游历见闻出发，叙述了许多河流两岸的地理古迹、神话传说和风俗习惯，对山水做了生动的描绘，文笔优美流畅，对后代山水游记文学有很大影响。

初唐四杰

王勃、杨炯、卢照邻、骆宾王的并称，四人在文学上都主张摒弃华而不实的宫体诗，在诗歌内容上进行开拓，体现出诗风的转变，在诗中出现一种壮大的气势，推动了律诗的发展。

陈子昂

初唐诗人，其诗风在当时表现出明显的复古倾向，展现出昂扬壮大的情感气势，他所倡导的风雅兴寄对当时的诗风变革起到了积极的推动作用，代表作品是《登幽州台歌》。

张若虚

初盛唐之交诗人，擅长景物描写，其诗仅存两首，代表作《春江花月夜》被称作“孤篇压倒全唐”。张若虚将诗歌意境上升到新的高度，将画意、诗情与宇宙奥秘和人生哲理融为一体，为盛唐诗歌的到来在艺术上做了十分充足的铺垫。

王维

唐代著名田园诗人，创造出“诗中有画，画中有诗”的诗境，将精神世界与田园风光完美的融为一体，充满宁静自然之美，同时将佛法与诗结合，有“诗佛”之称，代表作品《山居秋暝》。

孟浩然

唐代著名诗人，诗歌风格自然平淡，以自然山水见长。代表作品有《春晓》《过故人庄》《临洞庭湖赠张丞相》等。

边塞诗派

盛唐时期以王昌龄、高适、岑参为代表的描写战争和边塞风土人情，以及战争带来的各种矛盾如离别、思乡、闺怨等的诗人群体。诗歌创作悲壮、格调雄浑、豪爽劲力，表现出盛唐的刚劲之美，代表作《从军行》《塞下曲》等。

李白

字太白，号青莲居士，盛唐时期伟大的浪漫主义诗人，被称作“诗仙”。李白的诗歌充分体现出盛唐时期的时代性和精神风貌，带有强烈地主观色彩，充满神奇想象、浪漫情怀和豪放洒脱的特点。与杜甫合称“大李杜”，代表作《蜀道难》《将进酒》。

杜甫

唐代著名诗人，字子美。生活在由盛唐转衰的转折点，被称为“诗圣”，其创作的诗歌被称作“诗史”。杜诗以叙事手法写实事，着力于细节描写，将抒情融入叙事，使其诗歌异于盛唐诗歌，展现出唐代诗风的转变。诗歌沉郁顿挫，慷慨悲凉，对宋代和后世影响极大。代表作品《登高》《三吏》《三别》等。

韩孟诗派

对中唐诗歌进行变革的第一诗人群体，以韩愈和孟郊为代表，主张“不平则鸣”“笔补造化”。强调对内心不平情感的抒发，同时在于侧重诗歌的抒情功能，并且要有创造性的深思，推崇怪异之美。

李贺

中唐诗人，被称作“诗鬼”。其诗多充满奇特诡异的想象，幽期冷艳的意境，全力开掘诗歌中虚幻的意向，形成一种诡谲怪奇的独特诗风，代表作有《李凭箜篌引》。

柳宗元

中唐诗人，一生多被贬谪，诗歌多以书写内心苦闷以及身处逆境奋起的执着精神。诗风内敛沉重，思想深刻。代表作品有《永州八记》《江雪》。

白居易

中唐著名诗人，字乐天。诗歌强调通俗性、写实性，在诗歌史上占重要地位。白居易的诗歌以补察时政为目的，主张“诗歌合为事而作”，突出诗歌的现实色彩。同时善作长篇叙事诗。代表作有《观刈麦》《琵琶行》。

新乐府运动

所谓新乐府，是相对古乐府而言的。新乐府运动本质是一场革新运动，由白居易、张籍等所倡导，主张恢复古代的采诗制度，发扬《诗经》和汉魏乐府讽喻时事的传统，使诗歌起到“补察时政”“泄导人情”的作用，强调以自创的新的乐府题目咏写时事。

唐传奇

唐朝流行的文言小说，作者大多以纪传形式书写传奇异事。中唐时代是传奇的兴盛期，涉及现实生活、仙侠奇事，其中以爱情传奇成就最高，代表作品有《李娃传》，大部分唐传奇收录在《太平广记》中。

杜牧

晚唐诗人，与李商隐合称“小李杜”。诗歌中豪迈不羁与情思细腻并存，清俊爽利。主要描写民生以及壮志未酬的遗憾，最著名的是他的咏怀诗，代表作《赤壁》。

李商隐

晚唐著名诗人，字义山。李商隐是为数不多的刻意追求诗美的作者。李商隐同时擅长骈文写作，价值很高。其诗构思新奇，风格秾丽，将心中意向化为朦胧迷离的诗句，大量用典让诗歌更加晦涩难懂，代表作《锦瑟》。

李煜

南唐后主，著名词作家。前期诗歌多表现宫廷享乐，国破后展现人生苦难无常的悲哀。在词的深度和广度上都超过了前人，对词的境界和气象方面做了开拓。代表作《浪淘沙》、《虞美人》等。

词牌

也称为词格，是填词用的曲调名。词最初是伴曲而唱的，宋朝以后，词经过不断的发展产生变化，词牌作为文字、音韵结构的一种定式。念奴娇、卜算子都是词牌名。

唐宋八大家

也称唐宋古文八大家，即唐代的韩愈、柳宗元和宋代的欧阳修、苏洵、苏轼、苏辙、王安石、曾巩。

柳永

初名三变，北宋词人，婉约派代表人物，柳永大力创作慢词，让词的内容量扩大增强了词的表现能力。同时将词带入世俗社会，是北宋第一位对宋词进行全面革新的词人。柳词流传较广，有“凡有井水处，皆能歌柳词”之说，代表作《雨霖铃·寒蝉凄切》。

欧阳修

北宋文学家，号醉翁，也号六一居士。他的散文形式多样，记叙文细节感人，诗歌重视生活。他提倡诗文革新，提出“文道并重”“道先文后”的观点。代表作《醉翁亭记》。

王安石

世称临川先生，北宋文学家，其散文论点鲜明，短文简洁明朗，诗歌长于议论。代表作政论文《答司马谏议书》、游记散文《游褒禅山记》、诗歌《泊船瓜洲》、小品短文《伤仲永》等。

苏轼

号东坡居士，北宋著名文学家，与其父苏洵、弟苏辙并称“三苏”。宋词代表作《水调歌头·明月几时有》《念奴娇·赤壁怀古》等，开豪放派诗词之先河，与辛弃疾并称“苏辛”。辞赋大气磅礴、刚柔兼济，代表作《赤壁赋》等。

苏门四学士

北宋文学家黄庭坚、秦观、晁补之和张耒的并称。因四人都曾得到苏轼培养、奖掖和荐拔而由此称谓。

范仲淹

北宋著名政治家、文学家，世称“范文正公”。范仲淹重视文章的政治教化作用，有很强的说服力，代表词作《渔家傲》《苏幕遮》等，代表散文《岳阳楼记》，其中名句“先天下之忧而忧，后天下之乐而乐”传诵至今。

司马光

北宋史学家、文学家。司马光主持编纂了中国历史上第一部编年体通史《资治通鉴》，对于重大的历史事件的前因后果，与各方面的关联都交代得清清楚楚，对后世影响巨大，与《史记》并称“史学双璧”。

李清照

号易安居士，山东济南人，南宋著名女词人，婉约词派代表人物。前期词多写其悠闲生活，后期多悲叹身世，情调感伤。形式上善用白描手法，语言清丽，崇尚典雅，称为“易安体”。代表作品《如梦令》《一剪梅》《浣溪沙》。

陆游

号放翁，南宋著名文学家。诗词文俱有很高成就，其诗语言平易晓畅、章法整饬谨严。诗文成就最高，以爱国主义为核心，语言气势奔放，境界壮阔。与杨万里、范成大、尤袤并称“中兴四大诗人”，代表作《游山西村》《十一月四日风雨大作》《示儿》。

辛弃疾

号稼轩，南宋著名豪放派词人。独创“稼轩体”，是宋词豪放派代表，善于表现社会忧患和个人苦闷，对田园风光描写也极富神韵。代表作《永遇乐》《菩萨蛮》《破阵子》等。

明代四大奇书

把《三国演义》《水浒传》《西游记》和《金瓶梅》称为中国古代小说的“四大奇书”。这四部小说基本上代表了中国古代小说的四种类型，即历史演义小说、英雄传奇小说、神魔小说和世情小说。

《三国演义》

罗贯中所著小说，是我国第一部长篇章回体小说，也是历史演义小说的开山之作。在《三国志》的基础上按照一定的美学理想描写三国时期气势恢宏，塑造了诸葛亮、张飞等一系列典型人物，用浅近的文言体书写。对历史小说的影响巨大。

《水浒传》

施耐庵所著英雄传奇小说，是最早用白话文写出的长篇章回体小说。全书描写北宋末年以宋江为首的108位好汉在梁山起义，以及聚义之后接受招安、四处征战的故事。本书描绘了波澜壮阔的难民起义群像，赞颂了梁山忠义之士反抗斗争的社会理想。

《西游记》

吴承恩所著的神魔小说，故事取材于《大唐三藏取经诗话》和民间传说。讲述了唐僧师徒四人前往西天取经路途中遭遇的九九八十一难，最终取得真经的故事。书中成功塑造了孙悟空这一形象，表现了对人性自由的向往和自我价值的肯定。

《金瓶梅》

兰陵笑笑生所著的世情小说，是第一部文人独立创作的白话长篇小说。《金瓶梅》是小说中潘金莲、李瓶儿、庞春梅三人名字的合成，由《水浒传》“武松杀嫂”演绎开来，讲述了西门庆暴发暴亡的过程及宅内争斗过程。小说真实地描绘了世俗情态，标志着小说艺术的成熟。

“三言二拍”

三言是指明代《喻世明言》《警世通言》《醒世恒言》三部小说集的总称；二拍指明代凌濛初编著的《初刻拍案惊奇》《二刻拍案惊奇》。标志着古代白话短篇小说创作的高潮。

李贽

晚明杰出的思想家，文学家。思想极具叛逆色彩，文学上提倡“童心说”。童心即不受道学等外在思想的桎梏，使文学存真去假。其作品也论点鲜明，直率辛辣，颇具挑战性。代表作《自赞》。

金圣叹

明末清初文学家、文学批评家。金圣叹对《水浒传》《西厢记》等书以及杜诗进行过富有见地的点评。金圣叹提高通俗文学的地位，使小说戏曲与传统经传诗歌并驾齐驱，在中国文学史上占有重要地位。

毛宗岗

清初文学批评家，毛本《三国演义》在情节上变动很大，不仅有增删，还整顿回目，修正文辞，改换诗文。

《聊斋志异》

清代蒲松龄所著。《聊斋志异》是以志怪传奇的文言小说中文学成就最高的一部。《聊斋志异》既有取材于前人和当时的社会传闻，又有作者虚构的狐鬼花妖的故事，体现出超脱与六朝志怪小说和唐传奇的创作特征，寄托了作者的幽思和憧憬，艺术素质进行大大的超越，其中名篇《崂山道士》《画皮》《促织》等。

《儒林外史》

清代吴敬梓所著讽刺小说，是古代讽刺文学中最杰出的代表。《儒林外史》假托明代故事，展示了18世纪清代中叶的社会情状，对封建制度下知识分子的命运进行了深刻的思考。

《红楼梦》

清代曹雪芹所著长篇小说，被称为“我国古代长篇小说中现实主义高峰”。小说以宝黛钗的爱情带出四大家族的衰落史，彻底摆脱了说书体通俗小说的模式，极大丰富了小说的叙述艺术，与《三国演义》《水浒传》《西游记》并称“四大名著”。对人物的塑造达到了个性化的高度，林黛玉、王熙凤等人物栩栩如生。后人对其研究甚至形成了一门学问——红学。

红学

研究《红楼梦》的学问，横跨文学、哲学、史学、心理学等多个学科。清代学者运用题咏、评点、索隐等传统方法研究《红楼梦》，被称为旧红学。五四运动前后，王国维、俞平伯、胡适等人引进西方现代学术范式研究《红楼梦》，被称为新红学。红学与甲骨学、敦煌学并称20世纪三大显学。

二、中国近现代文学

龚自珍

晚清思想家、史学家、诗人。诗文自成一格，有“龚派”之称。《己亥杂诗》是其一生中思想的精华，诗风瑰丽奇肆。另有散文《病梅馆记》最为脍炙人口。

梁启超

号任公，又号饮冰室主人，中国近代思想家、政治家、教育家、史学家、文学家。他是戊戌变法（百日维新）的领袖之一，并且倡导新文化运动，支持五四运动。梁启超倡导了文体改良的“诗界革命”和“小说界革命”。著作合编为《饮冰室合集》。

晚清四大谴责小说

指刘鹗《老残游记》、李宝嘉《官场现形记》、吴趼人《二十年目睹之怪现状》和曾朴《孽海花》。四大谴责小说的出现标志着中国小说创作进入到又一个繁荣时期。《官场现形记》是最有代表性的作品，也是我国第一部在报刊上连载、直面社会而取得轰动效应的长篇章回小说。

王国维

字静安，号观堂，国学大师，中国新学术的开拓者，“甲骨四堂”之一。他把西方哲学、美学思想与中国古典哲学、美学相融合，形成了独特的思想体系。他也是用西方文学原理批评中国旧文学的第一人。著有《红楼梦评论》《宋元戏曲考》《人间词话》等。

胡适

中国近代著名文学家、哲学家，曾任北京大学校长，因提倡文学革命而成为新文化运动的领袖之一，被誉为“中国自由主义的先驱”。著有《中国古代哲学史》《白话文学史》《胡适文存》《中国哲学史大纲》等书。1939 年曾获得诺贝尔文学奖提名。

鲁迅

原名周樟寿，后改为周树人，鲁迅是其笔名。中国现代著名作家，同时也是现代文学家、思想家、革命家。他是新文化运动的领导人和支持者，也是中国现代文学的奠基人和旗帜性人物。鲁迅对五四运动以后的中国社会思想文化发展产生了重大影响，蜚声世界文坛。代表作有《阿Q正传》《狂人日记》《呐喊》《彷徨》《朝花夕拾》《野草》等。

郭沫若

著名文学家、剧作家、诗人，是中国新诗的奠基人之一、中国历史剧的开创者和奠基人之一。1921年，发表第一本新诗集《女神》，代表名篇《凤凰涅槃》。在戏剧方面的建树多见于历史剧的创作：20世纪20年代形成了浪漫主义历史剧风格；40年代创作的《屈原》《虎符》等达到了历史真实和艺术真实地高度统一；新中国成立后创作《蔡文姬》等，注重历史真实，有浓郁的政治色彩。

茅盾

中国现代作家及文学评论家，他是新文化运动的先驱者、中国革命文艺的奠基人。著名的作品有代表作《子夜》《林家铺子》《农村三部曲》(《春蚕》《秋收》《残冬》)和文学评论《夜读偶记》。茅盾逝世前将稿费捐出设立“茅盾文学奖”，以鼓励当代优秀长篇小说的创作。

叶圣陶

中国现代著名作家、教育家及出版人，他是五四运动首个文学研究会的创立人之一。叶圣陶终身致力于出版及语文的教学，有“优秀的语言艺术家”之称。叶圣陶是20世纪20年代第一位写童话的作者，代表作有《稻草人》《古代英雄的石像》等。

张恨水

原名张心远，恨水是笔名，著名章回小说家，是“鸳鸯蝴蝶派”代表作家。以《春明外史》《金粉世家》《啼笑因缘》《八十一梦》四部长篇小说为代表作。

鸳鸯蝴蝶派

又称哀情小说，是中国现代文学一个流派，因写才子佳人成双成对有如鸳鸯蝴蝶而得名。主要面对多数普通市民读者，使用白话文，题材多样，以爱情为主。代表作家还有吴双热、包天笑、周瘦鹃、李涵秋等。

周作人

中国现代著名散文家、文学理论家，中国民俗学开拓人，新文化运动代表人物之一，是鲁迅（周树人）之弟。周作人最主要的成就是散文小品的创作，对后世的散文创作产生了深刻的影响，形成一大流派："言志派"。著有散文集《自己的园地》和《雨天的书》。

林语堂

原名林玉堂，著名文学家、学者、翻译家、教育家。他致力于现代白话文的研究推广，留下了数量颇丰且涉猎颇广的中英文著作。1940 年和 1950 年两度获得诺贝尔文学奖的提名。代表作品有《京华烟云》《啼笑皆非》等小说，及《吾国与吾民》《生活的艺术》等杂文和散文集。

郁达夫

原名郁文，字达夫。中国近代小说家、散文家、诗人。1921 年出版我国现代文学史上第一部白话短篇小说集《沉沦》。由此奠定了郁达夫在新文学运动中的重要地位。代表作《故都的秋》《春风沉醉的晚上》《过去》《迟桂花》等。

徐志摩

原名章垿，字槱森，后改字志摩。中国著名新月派现代诗人、散文家。徐志摩倡导新诗格律，对中国新诗的发展做出了重要的贡献，对新月派的形成起到重要作用。著有《志摩的诗》《猛虎集》（收录《再别康桥》）、《翡冷翠的一夜》《云游》等诗集。

冰心

原名谢婉莹，笔名冰心。中国现代著名女作家、儿童文学家、诗人、翻译家。她所创作的大量散文和小说，结集为《小桔灯》《樱花赞》《拾穗小扎》等。

朱自清

原名朱自华，中国现代著名诗人、散文家。文字质朴，蕴意深刻，有许多佳作传世，如《匆匆》《背影》《荷塘月色》《春》等。作为学者和教授的朱自清，在古典文学、语言学、文艺学、美学等学科领域朱自清都有很深的造诣和建树，著有《经典常谈》。

中国左翼作家联盟

简称"左联"，是中国共产党于 1930 年代在中国上海领导创建的一个文学组织，目的是与中国国民党争取宣传阵地，吸引广大民众支持其思想。左联的旗帜人物是鲁迅，代表人物还有茅盾、郭沫若、田汉、戴望舒、阳翰笙、郁达夫、丁玲、夏衍、聂绀弩等。

夏衍

原名沈乃熙，中国现代剧作家、文学家、电影艺术家、文艺评论家。中国左翼电影运动的开拓者、组织者和领导者之一。主要作品有：电影剧本《狂流》《春蚕》；话剧《上海屋檐下》；改编创作电影剧本《林家铺子》《祝福》；所著的《包身工》为中国报告文学的开山之作。

柔石

中国现代作家，“左联五烈士”之一。曾任《语丝》编辑，并与鲁迅先生同办“朝花社”，曾任中国左翼作家联盟执行委员、编辑部主任。1931 年被国民党反动派秘密杀害，鲁迅撰文《为了忘却的纪念》以纪念柔石。

巴金

原名李尧棠，现代文学家、出版家、翻译家。同时也被誉为是“五四”新文化运动以来最有影响力的作家之一，是 20 世纪中国杰出的文学大师、中国当代文坛的巨匠。2003 年 11 月，中国国务院授予巴金“人民作家”称号。代表作有“激流三部曲”（《家》《春》《秋》）、“爱情三部曲”（《雾》《雨》《电》）等。

闻一多

原名闻家骅，新月派代表诗人、学者、爱国主义者和民主主义者，中国民主同盟早期领导人。作品主要收录在《闻一多全集》中，此外还著有诗集《红烛》《死水》，古典文学研究《楚辞补校》《神话与诗》《唐诗杂论》等。

老舍

原名舒庆春，中国现代著名小说家、文学家、戏剧家。新中国第一位获得“人民艺术家”称号的作家，其文学语言通俗简易、朴实无华，以充满京味儿的语言和对北京细致入微的描写见长。著有长篇小说《骆驼祥子》《四世同堂》《正红旗下》等，话剧《茶馆》《方珍珠》《龙须沟》《春华秋实》等。

沈从文

原名沈岳焕，中国现代著名的文学家、小说家、散文家和考古学专家。撰写出版了《中国丝绸图案》《中国古代服饰研究》等学术专著。文学作品《边城》《湘西》《从文自传》等，在国内外有重大的影响。沈从文曾两度被提名为诺贝尔文学奖评选候选人。

丁玲

原名蒋伟，中国当代著名的作家、社会活动家。她的作品多描写冲出封建家庭的知识女性要求个性解放、追求恋爱自由和新的生活，富有时代色彩，大胆细腻、形象生动。《太阳照在桑干河上》是丁玲代表作品之一，曾获斯大林文艺奖金。代表作还有《莎菲女士的日记》等。

张爱玲

中国现代著名女作家。其小说拥有女性的细腻与古典的美感，著有《金锁记》《倾城之恋》《红玫瑰与白玫瑰》等中篇小说，《半生缘》《怨女》等长篇小说，另有《不了情》《哀乐中年》《太太万岁》等电影剧本。

梁实秋

中国著名的散文家、学者，他是华人世界第一个研究莎士比亚的权威。梁实秋的创作以散文成就最高，风格旷达、幽默风趣。代表作有《骂人的艺术》《雅舍小品》《秋室杂忆》等。

钱钟书

中国现代作家、诗人、文学研究家。他学贯东西，在中国古典诗词、西方语言文化方面都有所建树。是中国数千年文化传统在一个风气开通、历史转型时期的特殊结晶。主要作品有散文集《写在人生边上》，短篇小说集《人·兽·鬼》，长篇小说《围城》，学术著作《管锥编》等。

戴望舒

中国近代诗人、翻译家，为中国现代象征派诗歌的代表，对中国新诗的发展产生过相当大的影响。因《雨巷》成为传诵一时的名作，他被称为“雨巷诗人”。诗集有《我的记忆》《望舒草》等。

萧红

著名女作家，被誉为“30年代文学洛神”。萧红的中篇《生死场》，写东北农村人民在沉滞闭塞生活中的挣扎，以及日本帝国主义侵占东北后他们的苦难与斗争。萧红的后期代表作《呼兰河传》于童年生活的回忆中描写北方小城人民愚昧不幸的生活。

《红岩》

一部反映重庆在第二次国共内战时期，中国共产党党员在重庆地下工作的小说，人物多有历史原型，部分素材取自真实历史事件。作者为罗广斌和杨益言。1961年出版，被列为红色经典作品，轰动一时，曾先后被改编为电影《烈火中永生》和多个版本的电视连续剧。

朱光潜

中国美学家、文艺理论家、教育家、翻译家。他融贯中西，创造了自己的美学理论，在我国美学教学和研究领域做出了开拓性的贡献，在我国文学史和美学发展史上享有重要地位。主要编著有《文艺心理学》《西方美学史》等，并翻译了《歌德谈话录》、柏拉图的《文艺对话集》、莱辛的《拉奥孔》等作品。

李泽厚

哲学家、美学家、中国思想史学家。1980年代以高扬人的主体性、崇尚康德、倡导美学热而著称于世，被称之为“青年导师”。著有美学三书：《美的历程》《美学四讲》《华夏美学》等。

宗白华

美学家、哲学家、诗人。被称为“中国现代美学的先行者和开拓者”。20世纪唯一一个建立了自己美学体系的中国美学家，与朱光潜先生并称为20世纪中国美学界的“双峰”。美学论著主要有：《美学散步》《康德美学评述》等。

魏巍

散文作家、诗人、小说家。抗美援朝期间奔赴朝鲜前线，与志愿军战士一起生活、战斗，并发表大批文艺通讯，其中《谁是最可爱的人》影响了几代中国人。长篇小说《东方》获首届茅盾文学奖、首届中国人民解放军文艺奖和首届人民文学奖。

贺敬之

中国现代著名诗人、剧作家。1945 年和丁毅执笔集体创作我国第一部新歌剧《白毛女》，获 1951 年斯大林文学奖，成为我国新歌剧发展的里程碑。

艾青

中国现代诗人。被认为是中国现代诗的代表诗人之一。1933 年发表他的成名作《大堰河——我的保姆》，奠定了他诗歌的基本艺术特征和他在现代文学史上的重要地位。其诗作《我爱这土地》传播广泛。

孙犁

中国现当代小说家、散文家。1940 年代发表的文集《白洋淀纪事》是其代表作，其中的小说《荷花淀》运用革命浪漫主义的手法，开创了荷花淀派。

赵树理

中国现代小说作家。主要代表作品有中篇小说《小二黑结婚》《李有才板话》和长篇小说《三里湾》等。他的小说多以华北农村为背景，反映农村社会的变迁和过程中的矛盾斗争。赵树理开创的“山药蛋派”成为新中国文学史上最重要、最有影响的文学流派之一。

三、中国当代文学

刘心武

中国当代著名作家、红学研究家。1977 年发表短篇小说《班主任》，被视为“伤痕文学”开山之作，也被认为是新时代文学的发轫之作。并且开创了红学研究的新的分支——秦学，即从秦可卿这一人物入手进行研究。

路遥

中国当代作家，小说多为农村题材，描写农村和城市之间发生的人和事。代表作有短篇小说《人生》、长篇小说《平凡的世界》。《平凡的世界》曾获茅盾文学奖。

余光中

台湾文学家。诗风因题材而异，表达意志和理想的诗，大多壮阔铿锵，而描写乡愁和爱情的作品，一般显得细腻而柔绵。代表作有《乡愁》《天狼星》等。

王蒙

中国当代作家、学者。他是中国最早尝试意识流小说的作家，是中国当代文学走向现代写作技巧的开拓者。代表作有长篇小说《青春万岁》，中篇小说《蝴蝶》《布礼》等。

张贤亮

中国当代作家，创作了许多小说、散文、评论、电影剧本，成为中国当代重要作家之一。代表作有《灵与肉》《绿化树》《男人的一半是女人》等。

金庸

本名查良镛，是新派武侠小说最杰出的代表作家。代表作有《射雕英雄传》《笑傲江湖》《鹿鼎记》《雪山飞狐》等。金庸曾把所创作的十五本小说中的十四本名称的首字联成一副对联：飞雪连天射白鹿，笑书神侠倚碧鸳。

古龙

本名熊耀华，中国知名武侠小说家。他将戏剧、推理、诗歌等元素带入传统武侠，将武侠小说引入了经典文学的殿堂。代表作有《楚留香》《多情剑客无情剑》《绝代双骄》《陆小凤》等。

梁羽生

原名陈文统，中国著名武侠小说家，与金庸、古龙并称为中国武侠小说三大宗师，被誉为新派武侠小说的开山祖师。他提出“以侠胜武”的理念，代表作品有《白发魔女传》《七剑下天山》等。

阿城

原名钟阿城，中国当代作家，为中国著名电影评论家钟惦棐之子。阿城的小说集《棋王》一直被看作是寻根文学的代表作，共包括三个中篇《棋王》《树王》《孩子王》和六个短篇《会餐》《树桩》《周转》《卧铺》《傻子》和《迷路》。

朦胧诗派

1980 年代在中国兴起的诗派，以舒婷、顾城、北岛等青年诗人为代表，他们善于通过一系列琐碎的意象来含蓄地表达出对社会阴暗面的不满与鄙弃，开拓了现代意象诗的新天地。所谓朦胧诗，即以内在精神世界为主要表现对象，诗境模糊朦胧、主题多义莫名。

顾城

中国当代诗人，作家顾工之子，朦胧诗主要代表人物之一。顾城一生创作的诗歌达 2100 多首，其诗《一代人》“黑夜给了我黑色的眼睛 / 我却用它寻找光明”成为中国新诗的经典名句。

海子

原名查海生，中国当代诗人，杰出的现代浪漫主义诗人。海子一生大概创作短诗 200 余首，其中以《面朝大海，春暖花开》流传最为广泛。另有诗集《小站》《河流》《海子诗合集》等。

王小波

中国当代作家。他的作品中贯穿着其特有的黑色幽默，而他的东西方生活与求学经历，使他成为一个富有自由人文精神和独立知识分子品格的写作者。著有小说集《青铜时代》《黑铁时代》等，杂文集《沉默的大多数》《我的精神家园》《理想国与哲人王》等。

莫言

原名管谟业，中国当代著名作家，2012 年成为首位获得诺贝尔文学奖的中国籍作家。莫言受到魔幻现实主义影响，创作出了一批带有先锋色彩的独特作品，以大胆新奇的写作风格著称。代表作有《红高粱》《檀香刑》《丰乳肥臀》等，其中《蛙》获第八届茅盾文学奖。

铁凝

中国当代作家，现任中国作家协会主席。代表作有小说《永远有多远》《大浴女》《第十二夜》《笨花》等。散文集《女人的白夜》获中国首届鲁迅文学奖，中篇小说《永远有多远》获第二届鲁迅文学奖。

余华

中国当代作家。他小说里的人物与情节常常被置于非常态、非理性的现实生活之中，在形式和语言上做过大胆的试验与探索。代表作有《活着》《许三观卖血记》和《在细雨中呼喊》等。

贾平凹

中国当代著名作家。小说《秦腔》曾获第七届茅盾文学奖。代表作还有《废都》《商州》《浮躁》《高兴》等。

三毛

台湾著名女作家，代表作有散文集《撒哈拉的故事》《走遍万水千山》《稻草人手记》《温柔的夜》等。

韩少功

中国著名作家，作品多取材于“文革”时期的有关经历，在1980年代首倡寻根文学，是中国新时期文学的代表作家。主要作品有短篇小说《西望茅草地》等，中篇小说《爸爸爸》等，散文《完美的假定》等，长篇小说《马桥词典》等。作品《山南水北》获第四届鲁迅文学奖。

陈忠实

当代作家，以长篇小说《白鹿原》一举成名，获第四届茅盾文学奖。小说以白姓和鹿姓两大家族三代人的纠葛为线索，将民族历史浓缩其中，呈现出厚重的史诗风格，为中国当代文学作品所罕见。

史铁生

著名作家，双腿残疾，其著名散文《我与地坛》影响最大，感动了无数读者，被公认为中国近50年来最优秀的散文之一，并入选了中学语文课本。

王安忆

中国当代女作家，被视为“文化大革命”结束之后寻根文学的代表性作家。2002年以《长恨歌》获得第五届茅盾文学奖。

王朔

中国著名作家、编剧，小说以对白通俗、语言戏谑反讽为特色，多取材于早年“部队大院”的生活经历。代表作有小说《动物凶猛》《看上去很美》《你不是一个俗人》等，以及编剧作品《顽主》《一半是海水，一半是火焰》《过把瘾》《一声叹息》等。

阎连科

作家、编剧，被誉为“荒诞现实主义大师”。代表作有《受活》《丁庄梦》《为人民服务》等。曾参与电影《最爱》编剧。

刘震云

作家，小说《一句顶一万句》获得第八届茅盾文学奖。他的小说《手机》《我叫刘跃进》和《温故一九四二》被改编为影视作品。

数字集锦

【三】下篇

古希腊三贤：苏格拉底、柏拉图、亚里士多德

古希腊三大悲剧家：埃斯库罗斯、索福克里斯、欧里庇得斯

世界三大古老戏剧：古希腊戏剧、印度梵剧、中国戏曲

文艺复兴前三杰：但丁、彼特拉克、薄伽丘

文艺复兴后三杰：达·芬奇、米开朗琪罗、拉斐尔

世界文坛三大怪杰：伏尔泰、维加、科莱特

法国后印象主义三杰：塞尚、梵高、高更

欧洲雕刻“三大支柱”：罗丹、马约尔、布德尔

中国画三大画科：山水画、人物画、花鸟画

西方音乐“三 B”：巴赫、贝多芬、勃拉姆斯

世界三大著名短篇小说家：莫泊桑、契诃夫、欧·亨利

戏剧“三一律”：即要求一出戏所叙述的故事发生在一天（一昼夜）之内，地点在一个场景，情节服从于一个主题。

“三突出”文艺理论：在所有人物中突出正面人物；在正面人物中突出英雄人物；在英雄人物中突出主要英雄人物。

中央三大台：中央人民广播电台、中央电视台、中国国际广播电台

美国三大广播公司：美国广播公司（ABC）、全国广播公司（NBC）、哥伦比亚广播公司（CBS）

电视三基色：红色、绿色、蓝色

广播电视“三网合一”：电信网络、有线电视网络、互联网

中国电视的三大奖项：金鹰奖、白玉兰奖、飞天奖

李安“父亲三部曲”：《推手》《喜宴》《饮食男女》

贾樟柯“故乡三部曲”：《小武》《站台》《任逍遥》

李沧东“绿色三部曲”：《绿鱼》《薄荷糖》《绿洲》

世界艺术电影的“圣三位一体”：费里尼、伯格曼、塔尔可夫斯基

印度导演雷伊“阿普三部曲”：《道路之歌》《不可征服的人》《阿普的世界》

伯格曼“沉默三部曲”：《犹在镜中》《冬日之光》《沉默》

费里尼“孤独三部曲”：《骗子》《卡比利亚之夜》《道路》

费里尼“背叛三部曲”：《甜蜜的生活》《八部半》《朱丽叶塔的精灵》

安东尼奥尼“现代爱情三部曲”：《奇遇》《夜》《蚀》

华语电影三大奖：中国电影金鸡奖、香港电影金像奖、台湾电影金马奖

中国电影三大奖：中国电影华表奖、大众电影百花奖、中国电影金鸡奖

四、美洲文学

惠特曼

美国诗人、散文家、思想家，是美国文坛中最伟大的诗人之一，被誉为“自由诗之父”。代表作为诗集《草叶集》。

马克·吐温

美国小说家、著名演说家。著名作品有长篇小说《镀金时代》《汤姆·索亚历险记》《王子与贫儿》等。《哈克贝利·费恩历险记》是他的最优秀的作品，曾被美国小说家海明威誉为是“第一部真正的美国文学”。

欧·亨利

美国小说家，世界三大短篇小说大师之一被誉为美国现代短篇小说之父。他的短篇小说构思精巧、语言幽默、结局出人意料，以“欧·亨利式结尾”而闻名于世。代表作有《财神和爱神》《麦琪的礼物》《警察与赞美诗》等。

海明威

美国记者和作家，被认为是20世纪最著名的小说家之一，是美国“迷失的一代”作家中的代表人物。凭借《老人与海》夺得诺贝尔文学奖，著名作品还有《太阳照常升起》《永别了，武器》等。

玛格丽特·米切尔

美国女作家。《飘》是她惟一的一部文学作品，不仅成为美国文学经典，而且跻身于世界文学名著之林。改编的电影《乱世佳人》成为好莱坞影史上最卖座的电影，得到十项奥斯卡的殊荣。

爱默生

美国思想家、文学家、诗人。以爱默生思想为代表的超验主义是美国思想史上一次重要的思想解放运动，被称为“美国文艺复兴”。代表作有《论自然》《代表人物》《英国人的特性》和《五日节及其他诗》等。

海伦·凯勒

美国女作家、社会活动家。幼年因病失明失聪，后以惊人的毅力学会阅读和说话，并毕业于哈佛大学。代表作为《假如给我三天光明》。

霍桑

美国19世纪影响最大的浪漫主义小说家。他擅长揭示人物内心冲突和心理描写，充满丰富想象，惯用象征手法，带有浓厚的宗教气氛和神秘色彩。其代表作品《红字》为世界文学的经典之一。

菲茨杰拉尔德

美国著名作家、编剧，“爵士时代”最重要的代表人物，也是20世纪最伟大的美国作家之一。《了不起的盖茨比》是他最为著名的作品，堪称美国社会缩影的经典代表。

另外还著有《尘世乐园》《夜色温柔》等。

塞林格

美国文学家，小说《麦田里的守望者》被认为是20世纪美国文学的经典作品之一。以意识流天马行空的写作方法，直指伪善的成年人世界，表达了愤怒与焦虑两大主题。

雷蒙德·卡佛

美国当代著名短篇小说家、诗人，被称为“美国20世纪下半叶最重要的小说家”和小说界“简约主义”的大师。代表作为自选集《我打电话的地方》。

加西亚·马尔克斯

哥伦比亚作家，是拉丁美洲魔幻现实主义文学的代表人物，20世纪最有影响力的作家之一。主要代表作有《百年孤独》《霍乱时期的爱情》《一桩事先张扬的谋杀案》等。于1982年获得诺贝尔文学奖。

五、亚洲文学

《源氏物语》

紫式部所著小说，是日本古典文学名著代表作，小说描写了平安时期日本的风貌，揭露人性与宫廷斗争，反映了平安时代的宫廷生活。

夏目漱石

日本近代作家，被称为“国民大作家”。夏目簌石对东西方的文化有很高造诣，既是英文学者，又精擅俳句、汉诗和书法。他对个人心理的描写精确细微，开启了后世私小说的风气之先。代表作《我是猫》。

芥川龙之介

日本小说家。以创作短篇小说闻名。他的小说取材新颖，情节新奇甚至诡异，用冷峻的文笔和简洁有力的语言来陈述社会的丑恶现象，有高度的艺术感染力。代表作《竹林中》被改编为《罗生门》。

川端康成

近代日本新感觉派小说家。作品极富抒情性，追求人生升华的美，并深受佛教思想影响。早期多以下层女性作为小说的主人公，写她们的纯洁和不幸。后期一些作品写了近亲之间、甚至老人的变态情爱心理，手法纯熟，浑然天成。是日本第一位获得诺贝尔文学奖的作家，代表作品《伊豆的舞女》《雪国》《千只鹤》等。

大江健三郎

日本著名小说家，1994年获得诺贝尔文学奖。代表作《个人的体验》《万延元年的足球队》，著有《广岛札记》《作为同时代的人》和《小说方法》等作品和文论。

村上春树

日本当代著名小说家。其作品风格深受欧美小说的影响，基调轻盈，被称为“二战后时期作家”，并被誉为日本80年代的文学旗手。代表作《挪威的森林》《海边的卡夫卡》等。

泰戈尔

印度近代著名诗人、文学家、社会活动家，第一个获得诺贝尔奖的亚洲人，在印度被称作“诗圣”。代表作品《飞鸟集》。

萨缪尔·阿格农

以色列作家，希伯来文小说家，1966年获诺贝尔文学奖。主要作品有小说《婚礼的华盖》《过夜的客人》等。

六、欧洲文学

古希腊神话

产生于公元前8世纪左右，主要记载于《荷马史诗》和《希腊古典神话》中。分为神的故事和英雄传说两部分，西方神话体系之一。主要天神有：天神宙斯、天后赫拉、智慧女神雅典娜、爱神阿芙洛狄特等。

《荷马史诗》

相传由古希腊盲诗人荷马所作，实则非一人之作，而是当时古希腊游吟诗人的集体成果。包括《伊利亚特》和《奥德赛》两部分。集古希腊口述文学之大成，是古希腊最伟大的作品，也是西方文学中最伟大的作品。

苏格拉底

公元前4到5世纪古希腊著名哲学家、思想家，西方哲学之父。与他的学生柏拉图及柏拉图的学生亚里士多德并称为“古希腊三贤”。

柏拉图

苏格拉底的学生，古希腊伟大的哲学家，也是全部西方哲学乃至整个西方文化最伟大的哲学家和思想家之一。古希腊三贤之一，西方客观唯心主义的创始人。其主要作品为对话录，并绝大部分都有苏格拉底出场。代表作《理想国》。

亚里士多德

柏拉图的学生，主张“吾爱吾师，吾更爱真理”。古希腊哲学的集大成者，“古希腊三贤”之一。百科全书式的科学家、哲学家，代表作《诗学》《工具论》《物理学》《形而上学》《伦理学》《政治学》等。

贺拉斯

古罗马诗人、批评家。其代表作是《诗艺》。主张诗的任务是指导人生，主要以“寓教于乐”为主，注重发挥诗作的社会功能。

乔叟

被公认为中世纪最伟大的英国诗人，英国文学之父。其代表作《坎特伯雷故事集》是一部诗体短篇小说集，让一群人每人讲一个故事，共同组成了故事集，展示了广阔的社会画面。

莎士比亚

欧洲文艺复兴时期英国最重要的作家、戏剧家、诗人，被喻为“人类文学奥林匹亚山上的宙斯”，其戏剧作品将现实主义和浪漫主义相结合，具有极高的艺术性和思想性。四大悲剧：《哈姆莱特》《奥赛罗》《李尔王》《麦克白》；四大喜剧：《威尼斯商人》《仲夏夜之梦》《皆大欢喜》《第十二夜》。

笛福

英国作家，英国启蒙时期现实主义小说的奠基人，被誉为“欧洲小说之父”。其代表作《鲁滨逊漂流记》，讲述了乐观勇敢又聪明的鲁滨逊如何在荒岛上战胜种种苦难离开小岛的故事，表现了当时追求冒险、倡导个人奋斗的社会风气。

斯威夫特

英国启蒙时期作家、政论家、讽刺文学大师，其作品充满对现实的批判和讽刺幽默。其代表作品《格列佛游记》，是一部杰出的游记体讽刺小说，以船长的口气讲述了周游四国的经历，反映了18世纪前半期英国统治阶级的腐败和罪恶。

奥斯汀

英国著名女性小说家，主要关注乡绅家庭女性的婚姻和生活。其代表作品《理智与情感》《傲慢与偏见》《爱玛》等。其作品继承和发展了英国18世纪优秀的现实主义传统，为19世纪纪实主义小说的高潮做了准备。

拜伦

英国19世纪伟大的浪漫主义诗人，代表作品有《恰尔德·哈洛尔德游记》《唐璜》等。其诗歌中塑造了一批“拜伦式英雄”，既不满现实要求奋起反抗，具有叛逆的性格，但同时又显得忧郁、孤独、悲观，始终找不到正确的出路。

雪莱

英国浪漫主义诗人、小说家、哲学家，受空想社会主义思想影响颇深。其代表作《解放了的普罗米修斯》《西风颂》《致云雀》《云》等。

狄更斯

19世纪英国现实主义文学代表，特别注意描写生活在英国社会底层的“小人物”

的生活遭遇。其代表作品有《雾都孤儿》《双城记》等，以妙趣横生的幽默、细致入微的心理分析以及现实主义描写与浪漫主义气氛的有机结合著称。

勃朗特三姐妹

主要是指《简·爱》的作者夏洛蒂·勃朗特、《呼啸山庄》的作者艾米莉·勃朗特、《艾格尼丝·格雷》的作者安妮·勃朗特三姐妹。因为三姐妹都有着显著的文学成就，所以称为文学史上一个独特的存在。

毛姆

英国现实主义小说家、戏剧家。代表作品《人生的枷锁》《月亮和六便士》等。其作品常以客观冷静乃至挑剔的态度审视人生，基调超然，带有讽刺和怜悯的意味。

王尔德

19 世纪英国唯美主义作家，以剧作、诗歌、童话和小说出名，19 世纪 80 年代美学运动的主力和 90 年代颓废派运动的先驱。代表作《道林·格雷的画像》。

拉伯雷

文艺复兴时期法国杰出的人文主义作家，他通晓多种学科和多种文字，堪称“人文主义巨人”。代表作《巨人传》，取材于法国民间传说故事，作品充满了奇特的想象力。

莫里哀

法国 17 世纪古典主义文学杰出的戏剧家，古典主义喜剧的创建者，其喜剧作品含有闹剧成分，但同时又表现出严肃态度，充满了讽刺意味。代表作《无病呻吟》《伪君子》《悭吝人》等。

伏尔泰

法国 18 世纪启蒙思想家、文学家，被誉为“法兰西思想之王”“法兰西最优秀的诗人”“欧洲的良心”。主张开明的君主政治，强调自由和平等。代表作有《哲学通信》《路易十四时代》《老实人》《形而上学论》等。

卢梭

法国 18 世纪伟大的启蒙思想家、哲学家、教育家、文学家，法国大革命的思想先驱，浪漫主义文学流派的开创者。代表作有《论人类不平等的起源和基础》《社会契约论》《爱弥儿》《新爱洛伊丝》等。

司汤达

19世纪法国杰出的批判现实主义作家，以准确的人物心理分析和凝练的笔法而闻名，被誉为最重要和最早的现实主义的实践者之一。代表作有《阿尔芒斯》《红与黑》《巴马修道院》等。

巴尔扎克

法国小说家，被称为“现代法国小说之父”，欧洲批判现实主义文学的奠基人。代表作有《人间喜剧》《朱安党人》《驴皮记》等。其中《人间喜剧》被誉为“资本主义社会的百科全书”。

大仲马

法国19世纪浪漫主义作家，以小说和剧作为主。代表作《基督山伯爵》《三个火枪手》等。其小说大都以真实历史作背景，情节曲折，对话机智，被后人誉为“通俗小说之王”。

小仲马

大仲马的儿子，《茶花女》是小仲马的第一部扬名文坛的作品，也是其最著名的作品，被视为法国现实主义戏剧的开端，也是法国文学史上第一次把妓女作为主角的作品。

雨果

法国作家，19世纪前期积极浪漫主义文学的代表作家，被称为“法兰西的莎士比亚”，一生写过多部诗歌、小说、剧本、各种散文和文艺评论及政论文章。其代表作长篇小说《巴黎圣母院》《九三年》和《悲惨世界》，短篇小说《“诺曼底”号遇难记》。

福楼拜

19世纪法国继司汤达、巴尔扎克之后的又一位现实主义小说家，是现实主义的集大成者，同时又被誉为“自然主义文学的鼻祖”“现代主义鼻祖”。其代表作《包法利夫人》《情感教育》《萨朗波》等。

凡尔纳

19 世纪法国著名小说家、剧作家及诗人。他一生创作了大量优秀的文学作品，代表作三部曲《格兰特船长的儿女》《海底两万里》《神秘岛》等。其作品对科幻文学流派有着重要的影响。

都德

19 世纪法国著名的现实主义小说家。其代表作品有散文和故事集《磨坊书简》，长篇小说《小东西》，短篇小说集《月曜日故事集》。其短片小说集具有委婉、曲折、富有暗示性的独特风格。

莫泊桑

19 世纪法国优秀的批判现实主义作家，人称“短篇小说巨匠”，与契诃夫、欧·亨利并称为“世界三大短篇小说家”。因《羊脂球》轰动了法国文坛，后专门从事文学创作。代表作有《项链》《我的叔叔于勒》等。

萨特

法国 20 世纪最重要的哲学家之一，法国存在主义文学最重要的代表人物。一生中谢绝任何奖项，包括 1964 年的诺贝尔文学奖。其代表作有《存在与虚无》《恶心》《苍蝇》《自由之路》等。

玛格丽特·杜拉斯

法国著名作家、剧作家、电影编导。她的成名作是 1950 年发表的自传体小说《抵挡太平洋的堤坝》，代表作有《广岛之恋》《情人》等。曾获得法兰西学院戏剧大奖。

歌德

德国著名思想家、作家、科学家，其创作体裁广泛，最著名的是书信体小说《少年维特之烦恼》、诗体哲理悲剧《浮士德》、长篇小说《威廉·麦斯特》。其中《浮士德》与《荷马史诗》、但丁的《神曲》、莎士比亚的《哈姆莱特》并列为欧洲文学的四大古典名著。

席勒

德国 18 世纪著名诗人、作家，德国启蒙文学的代表人物之一，是德国文学史上著名的“狂飙突进运动”的代表人物，被称为“德国的莎士比亚”。其代表作悲剧《阴谋与爱情》《欢乐颂》《威廉·退尔》等。

雷马克

20世纪德国小说家，由于《西线无战事》一书而知名，并于1930年被拍成了美国电影。这部小说可能是描写第一次世界大战最著名和最有代表性的作品。它的续篇《归途》描写了1918年德国的崩溃。他的其他几部作品多写欧洲政治动乱的牺牲者，有些也相当成功并被拍成了电影。

莱辛

18世纪德国戏剧家、文艺批评家和美学家，是一位理论和创作皆有突出成就的人物。处女作是喜剧《年轻的学者》，后又创作了他的“三大名剧”：《艾米丽雅·迦洛蒂》《智者纳旦》《萨》。其美学著作有《拉奥孔》《汉堡剧评》等。

康德

18世纪德国哲学家，启蒙运动时期最后一位主要哲学家，被认为是继苏格拉底、柏拉图、亚里士多德后，西方最具影响力的思想家之一。其主要思想在“三大批判”中得到充分体现，即《纯粹理性批判》《实践理性批判》和《判断力批判》。

尼采

19世纪德国著名哲学家，西方现代哲学的开创者，主张超人哲学、强力意志等。其主要著作有《权力意志》《悲剧的诞生》《查拉图斯特拉如是说》等。

但丁

欧洲文艺复兴时期的开拓者，现代意大利语的奠基者。被认为是中世纪的最后一位诗人，同时也是新时代的最初一位诗人。其代表作《神曲》《新生》等，其中《神曲》是其最著名的作品。

薄伽丘

意大利文艺复兴运动的杰出代表，人文主义杰出作家，与但丁、彼特拉克并称为文艺复兴前三杰。其代表作《十日谈》是欧洲文学史上第一部现实主义作品，批判宗教守旧思想，被视为文艺复兴的宣言。

塞万提斯

西班牙小说家、剧作家、诗人，被誉为是西班牙文学世界里最伟大的作家。其代表作《堂·吉诃德》达到了西班牙古典艺术的高峰，标志着欧洲近代现实主义小说的创作进入了一个新的阶段，被视为文学史上第一部现代小说。

维加

文艺复兴时期西班牙最重要的诗人和剧作家，有“西班牙民族戏剧之父”之称，同时与法国的伏尔泰和科莱特并称为世界文坛三大怪杰。他革新了西班牙戏剧的模式，使戏剧开始成为一种大众化的文化现象。代表作为《羊泉镇》。

普希金

俄国著名的文学家，被许多人认为是俄国最伟大的诗人、现代俄国文学的奠基人，被誉为“俄国小说之父”。其代表作有诗歌《自由颂》《致大海》，诗体小说《叶甫盖尼·奥涅金》，小说《上尉的女儿》《黑桃皇后》等。

果戈理

俄国现实主义文学的奠基人，是俄国文学中自然派的创始人，车尔尼雪夫斯基称他为“俄国散文之父”。善于描绘生活，将现实和幻想结合，具有讽刺性的幽默。其代表作有《死魂灵》《钦差大臣》等。

赫尔岑

俄国哲学家、作家、革命家。代表作有《克鲁波夫医生》和《偷东西的喜鹊》，其作品具有广泛的代表性和典型意义，立场鲜明却又不给人以说教之感。

屠格涅夫

19 世纪俄国享有世界声誉的“现实主义艺术大师”和“现实主义作家”，俄国批判现实主义作家、诗人和剧作家。他以写作中篇和长篇小说为主，代表作有《猎人笔记》《父与子》等。

陀思妥耶夫斯基

19 世纪俄国文学家，有人说“托尔斯泰代表了俄罗斯文学的广度，陀思妥耶夫斯基则代表了俄罗斯文学的深度”。其代表作有《白痴》《罪与罚》《卡里玛佐夫兄弟》等。

列夫·托尔斯泰

19 世纪俄国批判现实主义作家、思想家、哲学家。其代表作有《战争与和平》《安娜·卡列尼娜》《复活》等。其思想在作品中充满着矛盾，这种矛盾正是俄国社会错综复杂的矛盾的反映。

契诃夫

俄国世界级短篇小说巨匠，俄国 19 世纪末期最后一位批判现实主义艺术大师。他是一个有着强烈幽默感的作家，小说紧凑凝练，言简意赅。代表作有《套中人》《小公务员之死》《变色龙》《凡卡》等。

高尔基

苏联著名作家、诗人，是社会主义现实主义文学奠基人，无产阶级艺术最伟大的代表者，苏联文学的创始人之一。其代表作有《母亲》《童年》《在人间》《我的大学》等。

奥斯特洛夫斯基

苏联著名的无产阶级作家，他的长篇小说《钢铁是怎样炼成的》是 20 世纪 30 年代苏联无产阶级革命文学中最优秀的作品之一，获得空前成功。其后又创作了《暴风雨所诞生的》等作品，产生了广泛的影响力。

鲍·瓦西里耶夫

苏联当代著名作家，成名作是中篇小说《这里的黎明静悄悄》，其作品结构严谨、语言简洁、创作手法独辟蹊径，有着高昂的英雄主义和浪漫主义激情。

茨威格

奥地利著名作家，擅长写小说、人物传记，以描摹人性化的内心冲动著称，被评论界称为“打开弗洛伊德危险闸门的心灵猎手”。代表作有《一个陌生女人的来信》《伟大的悲剧》《成功的秘诀》等。

弗洛伊德

奥地利精神病医师、心理学家、精神分析学派创始人。1899 年出版了《梦的解析》，被认为是精神分析心理学的正式形成。其理论主要集中于对人类精神的探讨，包括潜意识、无意识、意识，以及本我、自我、超我等方面，强调“力比多”的作用，认为性本能是许多事情的根源。

卡夫卡

欧洲著名的表现主义作家，其作品大都用荒诞的形象和象征直觉的手法，表现被充满敌意的社会环境所包围的孤立、绝望的个人。文笔明净而想象奇诡，常采用寓言体。其代表作《审判》《变形记》《城堡》等。

米兰·昆德拉

捷克裔小说家，第一部长篇小说《玩笑》就获得了巨大成功。主要作品有《小说的艺术》《不能承受的生命之轻》《生活在别处》等，曾多次被提名为诺贝尔文学奖的候选人。其注重小说的叙述形式，特别是共时性叙述方式和复调叙述方式，使得作品获得了一种形式和内容上的真实感。

伏尼契

爱尔兰女作家，主要作品是小说《牛虻》，描写了 19 世纪意大利爱国者反对奥地利统治者的斗争。主要作品有牛虻三部曲：《牛虻》《中断的友谊》《牛虻世家》等。

安徒生

丹麦 19 世纪著名的童话作家，被誉为“世界儿童文学的太阳”。最著名童话故事有《拇指姑娘》《海的女儿》《卖火柴的小女孩》《丑小鸭》《皇帝的新装》等，集中于《安徒生童话》中。

数字集锦

【四】上篇

中国四大石窟：敦煌莫高窟、大同云冈石窟、洛阳龙门石窟、天水麦积山石窟

中国佛教四大名山：普陀山、峨眉山、五台山、九华山

书法初唐四大家：欧阳询、虞世南、褚遂良、薛稷

“吴中四士”：张旭、贺知章、张若虚、包融

书法宋四家：苏轼、黄庭坚、米芾、蔡襄

楷书四大家：欧阳询、颜真卿、柳公权、赵孟頫

文房四宝：笔、墨、纸、砚

四大名砚：洮砚、端砚、歙砚、澄泥砚

绘画南宋四家：李唐、刘松年、马远、夏圭

绘画元四家：黄公望、王蒙、倪瓒、吴镇

绘画吴门四家：沈周、文徵明、唐寅、仇英

吴中（江南）四才子：唐寅、祝允明、文徵明、徐祯卿

绘画清初“四僧”：石涛、八大山人、髡残、弘仁

清初四王：王时敏、王鉴、王翚、王原祁

四书五经　四书：《大学》《论语》《孟子》《中庸》。

　　　　　五经：《诗》《书》《礼》《易》《春秋》。

汉赋四大家：司马相如、杨雄、班固、张衡

初唐四杰：王勃、杨炯、卢照邻、骆宾王

苏门四学士：黄庭坚、秦观、晁补之、张耒

元曲四大家：关汉卿、马致远、郑光祖、白朴

元杂剧四大爱情剧：王实甫《西厢记》、白朴《墙头马上》、关汉卿《拜月亭》、郑光祖《倩女离魂》

元杂剧四大悲剧：关汉卿《窦娥冤》、纪君祥《赵氏孤儿》、白朴《梧桐雨》、马致远《汉宫秋》

拓展与回顾

1. 1942 年 **5** 月 **23** 日发表的《**在延安文艺座谈会上的讲话**》是毛泽东关于文艺工作最重要的著作，明确提出了**文艺为工农兵服务**的方针。

2. 1958 年，毛泽东提出了文艺“两结合”的创作方法，即“革命的**现实主义**和革命的**浪漫主义**相结合”。

3. 建筑、园林、工艺美术、现代设计都属于**实用艺术**；绘画、雕塑、摄影、书法都属于**造型艺术**；音乐、舞蹈都属于**表情艺术**；戏剧、戏曲、电影、电视都属于**综合艺术**；诗歌、散文、小说都属于**语言艺术**。

4. **天坛奖**是北京国际电影节特设电影奖，**金鹿奖**是中国长春电影节特设的电影奖，**金爵奖**是上海国际电影节特设的电影奖。

5. “五个一工程”是指一部好的**戏剧作品**，一部好的**电视剧**，一部**好的图书（限文艺类）**，一部好的**理论文章（限社会科学方面）**，一部好**电影**。

6. 我国第一部编年体史书是春秋时的**《春秋》**；我国第一部纪传体断代史是**班固**所著的**《汉书》**；我国第一部纪传体史书是西汉司马迁所著的**《史记》**，被鲁迅誉为**“史**

家之绝唱，无韵之《离骚》”。

7.《谁之罪》的作者**赫尔岑**和《怎么办》的作者**车尔尼雪夫斯基**都属于19世纪俄国杰出的文艺批评家。

8. **黄庭坚**是北宋著名的诗人和书法家，他与秦观、张耒、晁补之都是苏轼的学生，合称为**“苏门四学士”**。

9. 元曲指元代盛行的两种文学体裁：**散曲**和**杂剧**。

10. 20世纪20年代，我国诗坛涌现了一批新诗名作，其中有**徐志摩**的《再别康桥》和**戴望舒**的《雨巷》。

11. 我国第一部在国际上获奖的电影是**《渔光曲》**。电影**《风云儿女》**的主题歌**《义勇军进行曲》**后来被定为国歌。

12. 中国第一个国家级广播电台是1928年在南京创立的**中央广播电台（国民党）**，中国共产党的第一家广播电台是1940年开播的**延安新华广播电台**。

13. 美术中的三原色指**红**、**黄**、**蓝**三色，彩色电视中的三基色指**红**、**绿**、**蓝**三色。

14. 电影或电视中的声音元素包括三大类，即语言、音乐和**音响**。

15. 我国省级机关报多为“地区名字＋日报”的形式，但有些例外，如还有中共上海市委的**《解放日报》**，中共山东省委机关报叫**《大众日报》**，中共江苏省委机关报叫**《新华日报》**是例外。

16. 一个人可能演唱的最高和最低音之间的范围叫**音域**。两个以上的音按照一定的规律同时出现叫**和声**。

17. 每年的6月5日被定为国际环境日，6月26日被定为**国际禁毒日**，12月1日被定为**世界防治艾滋病日**。

18. 我国年雨量最多的地区在**台湾**，我国夏天气温最高的地方是**新疆**。

19. 中国最著名的民间泥塑艺术，有无锡的**惠山泥人**和天津的**泥人张**等。中国最著名的年画，有天津的**杨柳青**和苏州的**桃花坞**等。

20. 根据美国女作家**玛格丽特·米切尔**的长篇小说《飘》改编成的电影**《乱世佳人》**女主演是**费雯·丽**，男主演是**克拉克·盖博**。

21. 古代日本有一种特殊的多色版画叫**浮世绘**。15世纪时，日本出过一位高僧画家**雪舟**，画过《四季山水图》。

22. 秦统一全国后，丞相**李斯**负责制定了“小篆”，它具有图案美和装饰美，后常用于镶刻印章，故称为**篆刻**，代表作有**泰山刻石**。

23. 萨克斯、长号、笛子、唢呐等乐器属于**管乐（或吹奏乐）**，小提琴、吉他、二胡、琵琶等乐器属于**弦乐**。

24. **关汉卿**、**马致远**、**白朴**和**郑光祖**是四位元杂剧剧作家，四人合称为“元曲四大家”。

25. 中国最早的话剧团体是1907年创立的**春柳社**，他们创作并演出了中国第一部话剧**《黑奴吁天录》**，话剧改编自美国女作家**斯托夫人**的小说《汤姆叔叔的小屋》。

26. 书法的主要工具是**笔**、**墨**、**纸**、**砚**，合成为**文房四宝**。

27. 世界四大文明古国指**埃及**、**巴比伦**、**印度**、**中国**。

28. “小李杜”中的“李”指**李商隐**，“杜”指**杜牧**。

29. 老舍的主要戏剧代表作有**《龙须沟》**和**《茶馆》**。

30. **《工厂大门》**《火车进站》是世界上最早的一批电影，**《水浇园丁》**是最早有情节的电影。

31. 巴金的三部长篇小说《家》《春》《秋》被合称为**激流三部曲**，他的小说《雾》《雨》《电》则被合称为**“爱情三部曲”**。

32. 历史剧**《关汉卿》**和《文成公主》的作者是著名戏剧家**田汉**。

33. 位于美国西海岸名城洛杉矶的**好莱坞**是世界最著名的电影拍摄基地。

34. **毕加索**是20世纪西班牙的著名画家，代表作《格尔尼卡》《和平鸽》《梦》，他于1907年创作的《亚威农少女》是第一张被认为有**立体主义**倾向的作品。

35. 20世纪末，中国文坛涌现了一批长篇历史小说，如**唐浩明**的《曾国藩》《张之洞》；**二月河**的《雍正皇帝》《乾隆皇帝》等。

36. 在中国古代文化中，“诗圣”是**杜甫**，“书圣”是**王羲之**，“画圣”是**吴道子**。

37. **惠特曼**是美国19世纪最杰出的浪漫主义诗人，其代表作是**《草叶集》**，此外，他还创造了“自由体”诗歌，是诗歌形式的一次革新。

38. 创作《游击队歌》《天涯歌女》（田汉填词）的是著名音乐家**贺绿汀**。

39. 话剧是20世纪初经日本传入中国的，最早的话剧被称作“新剧”或**文明戏**。1928年，经戏剧家**洪深**提议，才称为话剧。

40. 中国话剧运动的创始人是**欧阳予倩**，中央戏剧学院首任院长、创始人之一，创立了中国最早的话剧团体，其代表作是历史剧**《忠王李秀成》**。

41. 罗纳德·里根是美国第40任总统，是历任总统中唯一一位演员出身的总统。

42. 中国第一部电影是诞生于**1905**年的**《定军山》**。

43. 曲波的小说**《林海雪原》**反映了解放战争初期东北林区的剿匪斗争，塑造了参谋长少剑波、侦察英雄**杨子荣**的光辉形象，同时也被改编成现代京剧和电影**《智取威虎山》**。

44. 世界音乐史上，被誉为“乐圣”的是德国的**贝多芬**；被誉为“交响乐之父”的是奥地利的**海顿**；被誉为“音乐之父”的是德国的**巴赫**；被誉为“钢琴大师”的是匈牙利的**李斯特**；被誉为“圆舞曲之王”的是奥地利的**小约翰·施特劳斯**；被誉为“钢琴诗人”的是波兰的**肖邦**；被誉为“音乐神童”的是奥地利的**莫扎特**；被誉为“歌剧大师”的是意大利的**威尔第**；被誉为“歌曲之王”的是奥地利的**舒伯特**；被誉为“俄罗斯音乐之父”的是**格林卡**。

45. 被誉为“现代舞之母”的是美国女舞蹈家**邓肯**，她的自传体回忆录**《我的生活》**曾风靡全球。

46. 电影《焦裕禄》《杨善洲》，电视剧《渴望》《水浒》的主演是**李雪健**，2012年凭借电影**《一九四二》**夺得第50届台湾电影金马奖最佳男配角奖，现任中国电影家协会主席。

47. 17世纪古典主义戏剧创作规定，每部戏的故事必须发生在一天之内的同一地点，情节也必须完整单一。这个理论被称作**三一律**，代表剧作为**莫里哀**的《伪君子》《悭吝人》。

48. 香港电影《英雄本色》《喋血双雄》《纵横四海》的导演是**吴宇森**，台湾电影《卧虎藏龙》《推手》《喜宴》《饮食男女》的导演是**李安**。

第四章

戏剧戏曲常识

CHAPTER 04

一、戏剧理论常识

《诗学》

原名的意思是“论诗的技艺”，是亚里士多德对于戏剧的理论性总结，是西方戏剧理论的原点和基石。全书共26章，系统阐释了亚氏对于悲剧和喜剧的理论和戏剧的创作方法，《诗学》同时也是西方美学史上第一部最为系统的美学和艺术理论著作，对后世影响巨大。

规定情境

一种表演术语，指演员对情境中的角色进行体验与表现。斯坦尼斯拉夫斯基认为规定情境应包含演员和导演对剧本的理解，自己对它所作的补充，动作设计、演出、美术设计的布景和服装，道具、照明、音响及其他在创作时演员要注意到的一切。

戏剧性

戏剧性解决的问题是如何让戏剧更好看，更吸引观众，构成戏剧性的中心环节是戏剧动作和戏剧冲突。

戏剧动作

又称舞台动作，是戏剧艺术基本表现手段。亚里士多德在《诗学》中将动作作为戏剧的特殊表现手段。戏剧模仿的对象是行动，而模仿的方式则是动作。戏剧就是用动作去模仿人的行动，或者说是模仿“行动中的人”。

戏剧冲突

戏剧中矛盾产生、发展、解决的过程，由戏剧动作体现出来，可以带出人物的性格与剧本的立意，在戏剧作品中有重要的地位和作用。

假定性

指戏剧艺术形象与它所反映的生活自然形态不相符的审美原理，即艺术家根据审美和创作需要对自然生活所作的程度不同的变形和改造。在中国戏曲艺术中，演员的程式化动作与旁白都属于假定性的范畴，并凭借它获得极大的艺术自由。

三一律

一种关于戏剧结构的规则。在文艺复兴时期被提出，后由法国古典主义戏剧家推行。它要求戏剧创作在时间、地点和情节三者之间保持一致性：即要求一出戏所叙述的故事发生在一天（一昼夜）之内，地点在一个场景，情节服从于一个主题。把三一律作为一种戏剧结构的方式，有助于使剧本的结构集中、严谨，但对戏剧创作造成了很大的限制。

悲剧

起源于酒神祭祀。亚里士多德将其定义为是对于一个严肃、完整、有一定长度的行动的摹仿。它的媒介是语言，借由人物的动作来表达情节。需要注意戏剧中的悲剧要带给人以怜悯与恐惧，而并非只是悲剧的结局。

喜剧

在古希腊时已经出现，亚里士多德将喜剧定义为模仿比一般人较差的人物，即指丑的一种形式，是一种对旁人无伤，不致引起痛感的丑陋或乖僻。阿里斯托芬是古希腊最著名的喜剧作家，代表作《鸟》。

第四堵墙

指在镜框舞台上，沿台口的一面不存在的墙，法国戏剧家让·柔琏最早使用这个术语。“第四堵墙”对观众是透明的，对演员来说则不透明。易卜生、契诃夫、高尔基、萧伯纳等人的戏剧创作均体现出第四堵墙的特色。而后斯坦尼斯拉夫斯基在他的表演、导演理论中系统的阐释了“第四堵墙”的戏剧观念。

世界三大表演体系

著名戏剧理论家黄佐临对戏剧表演体系的一种划分方法，包括斯坦尼斯拉夫斯基（苏联）体系、布莱希特（德国）体系以及以梅兰芳（中国）为代表的京剧表演体系。目前学术界对此观点仍有争论。

历史剧

以真实的历史人物、历史事件为题材，经过作者艺术加工编写而成的戏剧作品。历史剧在符合历史真实的基础上，选取戏剧性的事件，并适当地运用想象、虚构，再现一定历史时期的社会生活面貌。

情节剧

一种欧洲戏剧类型，在戏剧领域中指一种程式化的戏剧，情节剧常在曲折的情节中包含着惩恶扬善的道德宣传，而且有音乐配合剧情，容易被观众所接受。

二、西方戏剧常识

古希腊三大悲剧作家

分别指古希腊时期埃斯库罗斯、索福克勒斯和欧里庇得斯三人，他们的剧作大都取材于神话，有极其丰富的主题。

埃斯库罗斯

活跃于公元前 6 世纪，古希腊悲剧之父、悲剧诗人，与索福克勒斯、欧里庇得斯一起被称为古希腊三大悲剧作家。代表作《被缚的普罗米修斯》《阿伽门农》《善好者》等。

索福克勒斯

活跃于公元前 5 世纪，古希腊三大悲剧作家之一。代表作：《安提戈涅》《俄狄浦斯王》。其中《俄狄浦斯王》是其最著名的作品，讲的是俄狄浦斯杀父娶母的故事，是命运悲剧的代表作。

欧里庇得斯

活跃于公元前 5 世纪，古希腊三大悲剧家之一。其作品侧重于命运悲剧，代表作《美狄亚》《安德洛玛刻》《特洛伊妇女》等。

阿里斯托芬

活跃于公元前5到4世纪，是古希腊早期喜剧代表作家，有“喜剧之父”之称。他创作的喜剧属政治讽刺剧，触及了重大的社会政治问题。其代表作有《阿卡奈人》《鸟》等。

古罗马戏剧

在古希腊戏剧衰落后兴起，借鉴了许多古希腊悲剧的优点。古罗马戏剧多以喜剧为主，代表作《一罐金子》，理论著作《诗艺》。因为古罗马人尚武好战，古罗马戏剧并没有达到古希腊悲剧的高峰。

法国古典主义戏剧

盛行于17世纪的戏剧流派，将古希腊、古罗马的戏剧奉为经典，在创作中要求作品遵守“三一律”的原则，严格控制悲剧与喜剧的区别。代表作：高乃依《熙德》、拉辛《昂朵马格》、莫里哀《伪君子》。

雨果及浪漫主义戏剧

法国浪漫主义戏剧最卓越的代表作家。浪漫主义强调冲破一切古典主义的既定规则，强调艺术家的激情、想象与灵感。雨果系统地建立了浪漫主义戏剧的创作理论，他的《欧那尼》问世后，浪漫主义在法国戏剧界便完全取得了统治地位。

易卜生及现实主义戏剧

19世纪挪威剧作家，被称为“现代戏剧之父”。现实主义戏剧强调在舞台上客观地、精细地再现生活，塑造典型环境中的典型人物，将客观真实地再现生活作为基本准则，在真实的生活中发现美。他创作的“社会问题剧”有着巨大的现实意义，代表作《玩偶之家》《人民公敌》等。

梅特林克

象征主义戏剧的代表作家，1911年获诺贝尔文学奖。他的戏剧作品充满诗意，不表现强烈的感情，尽量创造冷静神秘的气氛，因此被称作“静剧”。代表作《青鸟》。

王尔德

英国著名的剧作家，唯美主义的代表人物，主张为艺术而艺术，艺术要超脱于生活。

他的风俗喜剧语言辛辣俏皮，具有很强的讽刺意味，代表作《莎乐美》《温德米尔夫人的扇子》。

契诃夫

俄国著名的小说家、戏剧家，19 世纪著名的批判现实主义作家。契诃夫的戏剧作品多取材于现实生活，但具有很强的象征意味，戏剧语言深刻，有丰富的潜台词。代表作《海鸥》《万尼亚舅舅》《樱桃园》。

斯坦尼斯拉夫斯基

俄国杰出的戏剧大师，系统总结“体验派”戏剧理论，强调现实主义原则，主张演员要沉浸在角色的情感之中，他的一整套戏剧教学和表演体系，被称为“斯坦尼斯拉夫斯基体系”，编著《演员自我修养》。

布莱希特

德国戏剧家、诗人，他最著名的戏剧理论是“陌生化效果”，又称“间离方法”，要求演员与角色保持一定的距离，不要把二者融合为一，演员要高于角色、驾驭角色、表演角色，他还吸收东方戏剧元素，如中国戏曲和日本能剧，丰富其理论。代表作《四川好人》《伽利略传》。

尤金·奥尼尔

美国著名剧作家，表现主义文学的代表作家，是美国民族戏剧的奠基人。主要作品有《榆树下的欲望》《琼斯皇》《毛猿》《天边外》《悲悼》等。于 1936 年获诺贝尔文学奖。

荒诞派戏剧

20 世纪 50 年代兴起于法国的戏剧流派。荒诞派戏剧家提倡纯粹戏剧性、通过直喻把握世界，用怪异和混乱表现生活的痛苦和绝望，主张用荒诞的手法直接表现荒诞的存在，摒弃结构、语言、情节上的逻辑性、连贯性。代表作《等待戈多》《秃头歌女》《椅子》等。

尤奈斯库

20 世纪法国著名的戏剧家，被公认为荒诞派戏剧的鼻祖之一。其作品荒诞不经，剧情支离破碎，有时根本没有矛盾冲突。代表作《椅子》《秃头歌女》《犀牛》等。

贝克特

20 世纪著名的法国作家，擅长戏剧，是荒诞派戏剧的重要代表人物。代表作《等待戈多》《剧终》《啊，美好的日子》。

存在主义戏剧

20 世纪 30 年代末兴起于法国的戏剧流派，在第二次世界大战后迅速发展。存在主义戏剧的思想哲学来自存在主义学说，认为世界是荒诞的，人生孤独而没有意义，迎合了战后西方人悲观厌世、抑郁苦闷的精神状态。存在主义戏剧保持了传统的形式，具有比较完整的人物、情节，代表作家有萨特的《死无葬身之地》和加缪的《卡里古拉》。

数字集锦

【四】下篇

四大南戏：《荆钗记》《白兔记》《拜月亭》《杀狗记》

临川四梦：《紫钗记》《牡丹亭》《邯郸梦》《南柯记》

四大声腔：海盐腔、弋阳腔、余姚腔、昆山腔

戏曲表演“四功”：唱（唱功）、念（念白）、做（表演）、打（武打）

京剧四行当：生、旦、净、丑

京剧四大须生：分为前后四大须生，前四大须生：余叔岩、言菊朋、高庆奎、马连良；后四大须生：马连良、谭富英、杨宝森、奚啸伯。

京剧四大徽班：三庆班、四喜班、和春班、春台班

京剧四大名旦：梅兰芳、程砚秋、尚小云、荀慧生

明代四大奇书：《三国演义》《水浒传》《西游记》《金瓶梅》

晚清四大谴责小说：刘鹗的《老残游记》、李宝嘉的《官场现形记》、吴沃尧《二十年目睹之怪现状》、曾朴《孽海花》

四大名绣：苏绣、湘绣、蜀绣、粤绣

四大民间木刻年画产地：苏州桃花坞、天津杨柳青、山东潍坊、四川绵竹

花中四君子：梅、兰、竹、菊

莎士比亚四大悲剧：《哈姆莱特》《奥赛罗》《李尔王》《麦克白》

莎士比亚四大喜剧：《威尼斯商人》《仲夏夜之梦》《皆大欢喜》《第十二夜》

欧洲文学四大名著：《荷马史诗》《神曲》《哈姆莱特》《浮士德》

中国古代四大名琴：齐桓公的“号钟”、楚庄王的“绕梁”、司马相如的“绿绮”、蔡邕的“焦尾”

世界四大电影奖：法国戛纳国际电影节金棕榈奖、德国柏林国际电影节金熊奖、意大利的威尼斯国际电影节金狮奖、美国奥斯卡金像奖

新德国电影四大导演：赫尔措格、施隆多夫、法斯宾德、文德斯

前四史：《史记》《汉书》《后汉书》《三国志》

后四史：《宋史》《元史》《明史》《清史稿》

香港四大才子：黄霑、金庸、倪匡、蔡澜

三、中国戏剧常识

文明戏

从1906年春柳社在日本公演《茶花女》开始发展，文明戏以京剧的文武场伴奏，采用京剧的唱腔，对话用京白不用韵白，内容多反映现实。文明戏是话剧成熟前的过渡阶段，标志着中国现代话剧的开端。

爱美的戏剧

简称“爱美剧”，“爱美的”是英语amateur的音译，意为业余的、非职业的，是中国五四运动后兴起的非职业演剧，盛行于20世纪20年代初。爱美剧针对文明戏商业化弊病，提倡非营业性演剧，主张严格遵守剧本和排演制度，使用立体布景等，是文明戏向现代话剧过渡的产物。

左翼戏剧运动

1930年成立的中国左翼剧作家联盟发起的一系列运动，提倡“戏剧的大众化”为特色，“九一八事变”后，又提倡“国防戏剧”，这时期成就最大的剧作家是田汉的《回春之曲》和洪深的《农村三部曲》。

重庆雾季公演

指 1941—1945 年重庆话剧团体举行季节性的公演。重庆每年 10 月到第二年 5 月，被称为雾季，是敌机不能来轰炸的季节。从 1941 年 10 月起，进步的戏剧工作者有意识地把雾季作为话剧团体举行公演的季节，掀起创作和演出的高潮。雾季公演对于促进话剧创作，提高表导演艺术，推动剧运的发展，做出了积极贡献。

欧阳予倩

湖南浏阳人，戏剧、戏曲、电影艺术家，中国现代话剧创始人之一。他家学渊源，京剧话剧兼善，编导演均有所长，戏剧作品有《潘金莲》《桃花扇》；理论著作著有《欧阳予倩剧作选》《自我演戏以来》。曾任中央戏剧学院院长，为中国的民族演剧艺术体系作出了重要贡献。

田汉

剧作家、戏曲作家、电影编剧，中国现代戏剧的奠基人之一，《义勇军进行曲》的词作者。一生投入文艺创作：20 年代创建南国社，以浪漫主义为主，代表作《名优之死》；30 年代参加左翼戏剧运动，新中国成立后创作《关汉卿》《白蛇传》，达到历史剧改编和创作的新高度。

洪深

中国电影戏剧理论家、剧作家，是中国现代话剧和电影的奠基人之一，戏剧代表作《农村三部曲》，在戏剧理论上提倡现实主义创作原则，著有《洪深戏剧论文集》。

曹禺

原名万家宝，中国现代话剧的巨匠，代表作《雷雨》的出现，标志着中国现代话剧的成熟。另著有《日出》《原野》《北京人》，并将巴金小说《家》改编为话剧，其作品代表了中国话剧创作的巅峰，演出经久不衰，享誉国内外。

样板戏

1966 年“中央文化革命小组”宣布的八个革命样板：现代京剧《红灯记》《沙家浜》《智取威虎山》《奇袭白虎团》《海港》，芭蕾舞剧《白毛女》《红色娘子军》，交响音乐《沙家浜》。以“三突出”为创作原则，是“文革”期间人民文化生活的唯一精神食粮，曾有“八亿人民八部戏”的说法。

林兆华

当代著名话剧导演，作品风格多样化，将现代戏剧的元素融入进自身戏剧中，在剧场形式上打破了传统戏剧和现代戏剧与不同类型艺术间的界限。80年代的《绝对信号》开启了国内先锋戏剧的先河。代表作《理查三世》《鸟人》等。

田沁鑫

当代著名的话剧女导演，以女性视角对传统题材和世界名著的全新探索，对现当代社会话题敏感捕捉。她的戏剧作品充满复杂的时空结构，强烈的视觉冲击，在中国的戏剧舞台上独树一帜。代表作《赵氏孤儿》《生死场》等。

赖声川

著名台湾戏剧导演。代表作《暗恋桃花源》《如梦之梦》，被誉为亚洲导演之翘楚。

孟京辉

当代小剧场话剧著名导演。代表作《恋爱的犀牛》《琥珀》《柔软》。

四、中国戏曲常识

角抵戏

又称百戏，盛行于秦汉，是以角抵为基础的，有故事情节和配乐的武打娱乐活动，同时有大量的杂技项目，有戏剧家把角抵戏视为孕育中国戏曲的摇篮。

参军戏

一种中国古代的戏曲形式，起源于十六国时期后赵石勒因一任参军的官员贪污，命优伶扮成参军从旁戏弄，演变而成。参军戏内容以滑稽调笑为主，流行于唐宋。

瓦舍勾栏

瓦舍又称瓦子、瓦市，多出现在宋代，是城市里固定的表演场所；勾栏是瓦舍里设置的演出场所。瓦舍勾栏相当于现在的戏院，是当时进行曲艺等民间艺术表演的场所。

南戏

宋元时流行在中国南方的戏曲艺术，源于民间歌谣、小曲，是中国戏曲最早的成熟形式之一。音乐上以南曲为主，演唱方式较元杂剧更为灵活。代表作品有《张协状元》《琵琶记》等。

四大南戏

又称“四大传奇”，是南戏在元末明初的代表作品。与《荆钗记》《白兔记》（《刘知远白兔记》）、《拜月亭》《杀狗记》，并称“四大传奇”，简称荆、刘、拜、杀。明清时期传演甚广，影响深远。

元杂剧

也称元曲，一种盛行于元代的艺术形式。是在金院本和诸宫调的基础上广泛吸收了多种词曲和技艺发展而成。其结构形式为“四折一楔子”，用北曲演唱，“一人主唱”为元杂剧的基本体制。代表作家有：关汉卿、王实甫等。

元曲四大家

关汉卿、马致远、郑光祖和白朴

元杂剧“四大悲剧”

关汉卿的《窦娥冤》、纪君祥的《赵氏孤儿》、白朴的《梧桐雨》、马致远的《汉宫秋》

元杂剧“四大爱情剧”

王实甫的《西厢记》、白朴的《墙头马上》、关汉卿的《拜月亭》和郑光祖的《倩女离魂》四部作品

传奇

传奇通常指明清时演唱南曲为主的长篇戏曲作品。由宋元南戏发展而来，也吸收元杂剧的优点。在音乐上采用宫调区分曲牌，兼唱北曲或南北合套。情节较长，人物众多，脚色分工更为细致，代表作《牡丹亭》《鸣凤记》《长生殿》《桃花扇》等。

四大声腔

在明代中期为海盐腔、弋阳腔、余姚腔和昆山腔四个主要的声腔系统；在清代指南昆、北弋、东柳、西梆。清代中叶，皮黄腔出现后四大声腔为：昆山腔、弋阳腔、梆子腔和皮黄调。

昆曲

产生于元末明初，流行于江苏南部（南昆）及北京、河北（北昆）等地的地方戏曲剧种，有“百戏之祖”的美称。昆曲唱腔清丽敦正，曲词典雅、表演细腻，于2001年被联合国教科文组织列为非物质文化遗产。

京剧

我国全国性的主要剧种之一。又称皮黄戏，以徽调和汉调为基础，吸收昆腔、京腔、梆子腔形成。以西皮、二黄为主要腔调，京剧形成后在清朝宫廷内开始快速发展，直至民国得到空前的繁荣。京剧行当全面，表演成熟，于2010年被联合国教科文组织列为非物质文化遗产。

脚色行当

中国戏曲的表演体制。史称脚色、部色，通称行当。既是戏曲中艺术化、规范化的性格类型，又是带有性格色彩的表演程式的分类系统。有生、旦、净、末、丑的分发，后因许多剧种讲末角归入生行，后以生、旦、净、丑为基本。

程式

戏曲表演中形成发展起来的艺术及技术上的格律和规范。将生活中的语言和动作提炼加工，使唱、念、做、打和音乐伴奏、化妆、服装等都形成规范化的表演法式，程式比生活中的自然形态更富有表现力，更具形式美。

一桌二椅

中国戏曲舞台上的演出用具，既可作为不同场合的桌椅，又可作为山、楼、床、门的代用物。通过不同的摆法和桌围椅帔的不同色彩与纹样，并结合其他砌末，对剧情的地点和人物关系做出表现和暗示。

同光十三绝

晚清画师沈蓉圃绘制于清光绪年间的工笔写生戏画像，该画作参照清代中期画家贺世魁所绘《京腔十三绝》中的戏曲人物，用工笔重彩绘制而成。包含了清代同治、光绪年间徽调、昆腔的徽班进京后扬名的13位著名京剧演员。为研究京剧早期的服饰、扮相和各行角色的艺术特征留下了极为珍贵的形象资料。

四功五法

戏曲演员在舞台上展现戏曲表演意境和神韵的技法。四功指唱、念、做、打四项基本功；五法分别指手、眼、身、法、步。

《十五贯》

清初传奇，又名《双熊梦》，朱素臣著。1956年，浙江国风昆苏剧团重新整理改编，突出为民请命的剧情，演出后影响极佳，挽救了濒危的昆曲艺术，被称作“一出戏救活了一个剧种”。

梆子腔系

一种戏曲声腔系统。以硬木梆子击节为特色而得名。源于明末的西秦腔，是戏曲中最早采用板式变化结构的声腔。梆子腔系以板胡为主要演奏乐器，在音乐上以板式变化体为结构，音乐风格高亢悲壮，曾一度被称作“乱弹”。

皮簧腔系

一种戏曲声腔系统。以二簧腔、西皮腔作为主要腔调的剧种，均属皮簧腔系。皮簧腔系以丝弦胡琴为主奏乐器，对近代许多地方剧种有深刻影响，包括京剧在内的20多种地方戏曲都使用皮簧腔系。

中国古典十大喜剧

元朝关汉卿《救风尘》、元朝王实甫《西厢记》、元朝郑延玉《看钱奴》、元朝白朴《墙头马上》、元朝康进云《李逵负荆》、元朝施君美《幽闺记》、明朝康海《中山狼》、明朝吴炳《绿牡丹》、明朝高濂《玉簪记》、清朝李渔《风筝误》。

中国古典十大悲剧

元朝关汉卿《窦娥冤》、元朝纪君祥《赵氏孤儿》、元朝马致远《汉宫秋》、明朝冯梦龙《精忠旗》、明朝高则诚《琵琶记》、明朝孟称舜《娇红记》、清朝李玉《清忠谱》、清朝孔尚任《桃花扇》、清朝洪昇《长生殿》、清朝方成培《雷峰塔》。

关汉卿

元杂剧作家。号已斋叟，大都（今北京）人，其作品具有极高的现实性和反抗精神。代表作《窦娥冤》《救风尘》《拜月亭》《望江亭》《单刀会》等，在中国戏曲史上有重要地位。

王实甫

元代杂剧作家。名德信，大都（今北京）人。现存作品《西厢记》《破窑记》《丽春堂》三种，代表作《西厢记》是一部千古不朽之作，塑造了崔莺莺和红娘等青年女性形象，表现了对封建礼教的反抗。曲词文采清丽优美。

马致远

字千里，元大都人。善于写曲，素有“曲状元”之称，创作杂剧十五种，现存七种，代表作《汉宫秋》，依照王昭君与匈奴和亲的历史进行创作，人物塑造深刻复杂，流传不衰。

纪君祥

元代戏剧家。代表作《赵氏孤儿》。故事情节为春秋时期晋贵族赵氏被奸臣屠岸贾陷害而惨遭灭门，在程婴帮助下幸存的赵氏孤儿长大后为家族复仇的故事。伏尔泰曾将其改编为《中国孤儿》，是中国最早流传至欧洲的戏曲作品。

汤显祖

别号玉茗堂主，临川人。“临川派”代表作家，他的创作的传奇：《紫钗记》《牡丹亭》《邯郸梦》《南柯记》合称“临川四梦”。其中《牡丹亭》为代表作，以其至情的思想影响深远。

汤沈之争

明代万历年间，临川派的汤显祖与吴江派的领袖沈璟就戏曲格律与文辞的关系问题进行的争论。汤显祖认为内容比形式更重要，不能单纯强调曲牌格律而削足适履；沈璟则偏重形式格律，合律声腔。引起了当时和后人们的极大关注，被称为“汤沈之争”。

李玉

明末清初戏曲作家，号一笠庵主人，吴县人，苏州派戏曲作家的代表人物。李玉从舞台演出的实际需要出发编写剧本，作品的内容和形式都表现出较强的人民性。代表作：《一捧雪》《人兽关》《永团圆》《占花魁》，简称“一人永占”。

李渔

初名仙侣，后改名渔，号笠翁。明末清初的戏剧家，戏剧理论家。他所著的《闲情偶寄》中的词曲部论述了戏曲创作、导演、表演，到语言、音乐、服装，集中国古代曲论之大成，对中国古代戏曲理论进行了全面的总结。

南洪北孔

指清初剧坛历史剧作家洪昇和孔尚任。代表作《长生殿》《桃花扇》，这两部作品是康熙剧坛上最成功、最有影响力的作品。

孔尚任与《桃花扇》

山东曲阜人，孔子六十四代孙，清初诗人、戏曲作家，《桃花扇》为其代表作，讲述明代才子侯方域邂逅秦淮歌妓李香君，两人陷入爱河并赠题诗扇。魏忠贤的亲信阮大铖陷害侯方域，李香君不从改嫁并血溅桃花扇，南明灭亡后，两人看破红尘分别出家。

洪昇与《长生殿》

《长生殿》是清初剧作家洪昇的代表作品，取材自唐朝诗人白居易的长诗《长恨歌》和元代剧作家白朴的剧作《梧桐雨》，讲述了唐玄宗与杨贵妃之间的爱情故事，对李杨两人的真挚爱情给予了肯定。

谭鑫培

著名京剧老生演员。是京剧历史上第一个老生流派——谭派的创始人。谭鑫培集众家之所长，将其他行当的唱法巧妙地融入进老生中，形成独特风格。1905 年他拍摄了中国第一部黑白无声影片《定军山》。

梅兰芳

著名京剧表演艺术家，“四大名旦”之首，京剧“梅派”创始人，对京剧旦角在唱腔、念白、服装等方面都有创造性发展，代表作《贵妃醉酒》《霸王别姬》《宇宙锋》。

余叔岩

著名京剧老生演员。他在全面继承谭派艺术的基础上，以丰富的演唱技巧进行了较大的发展与创造，创立了余派。

新凤霞

评剧演员。评剧新派的创始人，代表剧目为《刘巧姐》，对评剧的发展和理论建设做出了巨大的贡献。

常香玉

著名豫剧演员。唱腔字正腔圆，运气酣畅，韵味淳厚，豫剧常派的创始人。常香玉发展了豫剧清唱的演出形式，贴近生活，清新自然。代表剧目有《花木兰》。

数字集锦

【五】

书法五体：楷书、行书、草书、隶书、篆书

五个一工程：一部好戏剧，一部好电视剧，一本好书，一篇好文章，一部好电影。

五大名窑：汝窑、官窑、哥窑、钧窑、定窑

中国古代音乐五音：宫、商、角、徵、羽

中国五岳：东岳泰山、南岳衡山、西岳华山、北岳恒山、中岳嵩山

拓展与回顾

1. 党的文艺政策中，“二为”方向指的是：文艺**为人民服务**、**为社会主义服务**；“双百”方针指的是**百花齐放，百家争鸣**。

2. 为奖励优秀的少数民族题材的文艺作品，设立了**骏马奖**。

3. “四书五经”是先秦时几部经典的总称，包括**《论语》《孟子》《大学》**和**《中庸》**。

4. 《岳阳楼记》的作者是北宋初年著名的政治家**范仲淹**。其中的诗句“**先天下之忧而忧，后天下之乐而乐**”、“**不以物喜，不以己悲**”是较为出名和引用较多的句子。

5. 宋代说书人讲故事的底本叫**话本**，是曲艺，又是白话小说。其中的**平话**专讲长篇历史故事，为后来的《三国演义》《水浒》留下了雏形。

6. 阿Q是鲁迅小说**《阿Q正传》**中塑造的农民形象，其自我麻醉的方法被称为**精**

神胜利法。

7. 著名电影导演**郑君里**导演的影片有：《林则徐》《聂耳》和《枯木逢春》等；著名电影导演**谢晋**导演的影片有：《牧马人》《女篮 5 号》和《红色娘子军》等。

8. 1973 年 5 月 1 日，我国开始播出彩色电视节目，采用的制式是 **PAL**。1978 年 5 月 1 日，北京电视台改名为中国中央电视台，英文缩写为 **CCTV**。

9. **《聊斋志异》**是清代一部文言文短篇小说集，大都是妖狐鬼怪的故事，作者是**蒲松龄**。其中“**写鬼写妖高人一等，刺贪刺虐入木三分**”是文学家**郭沫若**对《聊斋志异》的评价。

10. 第一次世界大战的导火线是**萨拉热窝刺杀案**事件，第二次世界大战战胜了**德**、**意**、**日**三个法西斯国家。

11. GDP 代表**国内生产总值**，CPI 是**消费者物价指数**的缩写。

12. 中国古代的著名雕塑作品，有唐太宗李世民陵墓昭陵的**昭陵六骏**，有陕西临潼的**秦始皇兵马俑**，四川的**乐山大佛**。

13. 雕塑《大卫》《奴隶》的作者是**米开朗琪罗**，《西斯廷圣母》《雅典学派》的作者是**拉斐尔**。二人和达·芬奇一起合称为意大利文艺复兴时期的“画坛三杰”。

14. 德国出过两位著名的美术家，一位是 16 世纪的**丢勒**，作有版画《启示录》《苦闷》等。一位是 20 世纪的**珂勒惠支**，画有《织工的反抗》《农民战争》等。

15. 我国最早的文字是殷商时期的**甲骨文**。稍后镶刻在铜器上的铭文叫作**钟鼎文**，也叫**金文**。它们都属于**大篆**。

16. 架子鼓、沙槌、钹、锣等乐器属于**打击乐**，钢琴、手风琴、风琴、电子琴等乐器属于**键盘乐**。

17. 美国著名的动作电影明星**施瓦辛格**在担任美国加州州长前曾是著名演员、健美运动员。

18. 世界文学史上有四大吝啬鬼形象，即莎士比亚笔下的**夏洛克**，莫里哀笔下的**阿巴贡**，巴尔扎克笔下的**葛朗台**和果戈理笔下的**泼留希金**。

19. 我国古代最伟大的戏剧家是元代的**关汉卿**，曾被评为世界文化名人。其代表剧作是**《窦娥冤》**。

20. 新中国成立后历史剧《蔡文姬》《武则天》的作者是**郭沫若**；历史剧《胆剑篇》《王昭君》的作者是**曹禺**。

21. 豫剧又称河南梆子，著名的豫剧演员有**常香玉**等。

22. 世界上最早使用特技镜头来拍摄电影的是法国**梅里爱**，最早确定镜头为电影基本单位的是美国导演**格里菲斯**。

23. 世界上最早的国际电影节是**威尼斯**电影节，最高奖是**金狮奖**。

24. 我国有两部长篇小说获得了斯大林文学奖，分别是丁玲的**《太阳照在桑干河上》**和**周立波**的《暴风骤雨》。

25. 田汉是我国革命戏剧的奠基人，其代表剧作是**《关汉卿》**，最著名的歌曲词作是**《义勇军进行曲》**。

26. 人物在画面中“顶天立地”的景别叫作**全景**，画面中类似于新闻主播的景别是**近景**。

27. 狄更斯是英国19世纪批判现实主义作家，其代表作有**《双城记》**和**《雾都孤儿》**等。

28. 我国第一部由文人独立创作且第一部以家庭日常生活为题材的长篇小说是**《金瓶梅》**，作者是**兰陵笑笑生**。

29. 鲁迅原名**周树人**，浙江**绍兴**人，中国现代革命文学的主将和旗手，伟大的文学家、思想家和革命家。

30. **钱钟书**的《围城》是杰出的长篇讽刺小说，主人公是**方鸿渐**。

31. 爱尔兰作家**乔伊斯**是“意识流小说”的代表，他的长篇代表作是《尤利西斯》。

32. 流传在江浙沪一带，原来全部由女性演员演出的戏曲叫**越剧**。

33. 擅长高空走钢丝的维吾尔族演员是**阿迪加**。

34. 中央电视台最重要的评论型新闻节目是**《焦点访谈》**，它一般在每天的 **19：40** 开播，时量约为 17 分钟。

35. **白杨**是我国著名女影星，主演过《十字街头》《一江春水向东流》《祝福》等。她的姐姐杨沫是著名女作家，写过长篇小说**《青春之歌》**。

36. 由两人合作演一个角色，以声音配动作的曲艺形式叫**双簧**。

37. 我国东北地区流传着一种曲艺叫**二人转**，一般为男女二人载歌载舞演出。

38. 《茶花女》是法国作家**小仲马**的著名小说，后来被改编成话剧，后来还被意大利作曲家**威尔第**改编成歌剧。

39. 《卡门》写吉卜赛姑娘卡门的遭遇，创作这部小说的是法国作家**梅里美**，创作同名歌剧的是法国音乐家**比才**。

40. 1997 年，湖南卫视台推出大型娱乐节目《快乐大本营》，2004 年，湖南卫视台推出大型选秀节目**超级女声**，第二届冠军是**李宇春**。

41. **乔叟**是“英国诗歌之父”，代表作《坎特伯雷故事集》。

42. 电影导演**卡梅隆** 1997 年耗资 2.5 亿美元拍摄了影片**《泰坦尼克号》**。

43. 两千年前，印度诞生了两部伟大的史诗，一部是**《摩诃婆罗多》**，另一部是**《罗摩衍那》**。

44. 当代世界被称为“天后”的三大女歌唱家是惠特妮·休斯顿、**史翠珊**和**席琳·迪翁**。

45. **雷振邦**是著名作曲家，曾为电影《五朵金花》《刘三姐》《冰山上的来客》作曲。

46. 《叶甫盖尼·奥涅金》是俄国作家**普希金**创作的诗体小说，后经音乐家**柴可夫斯基**作曲搬上了歌剧舞台。

47. **张艺谋**导演的《满城尽带黄金甲》是近年放映的一部电影，标题出自唐代**黄巢**的诗句，内容取材于一部文学名著**《雷雨》**。

48. **德彪西**是印象派音乐的代表人物，创作了《夜曲》《大海》《欢乐岛》。

第五章 美术常识

CHAPTER 05

一、美术基本常识

1. 绘画

中国画

在中国形成并发展起来的中国民族绘画形式，简称“国画”。主要是指用毛笔蘸水、墨、彩作画于绢、宣纸、帛上并加以装裱的卷轴画。题材可分人物画、山水画、花鸟画，技法可分工笔、写意等。

国画三大画科

山水画、人物画、花鸟画。

山水画

简称“山水”，又称中国山水画。是指以山川自然景观为主要描写对象的中国传统画。其形成于魏晋南北朝时期，隋唐时始独立，五代、北宋时趋于成熟，成为中国画的重要画科。传统上按画法风格分为青绿山水、金碧山水、水墨山水、浅绛山水等。

人物画

以人物形象为主体的绘画之通称，是中国画中的一大画科，力求人物个性刻画得逼真传神，气韵生动、形神兼备。大体分为道释画、仕女画、肖像画、风俗画、历史故事画等。

花鸟画

在中国画中，凡以花卉、花鸟、鱼虫等为描绘对象的画，称之为花鸟画。花鸟画中的画法中有“工笔”“写意”“工兼写”三种。工笔花鸟画即用浓、淡墨勾勒动象，再深浅分层次着色；写意花鸟画即用简练概括的手法绘写对象；介于工笔和写意之间的就称为兼工带写，形态逼真。

西洋画

相对于传统东方绘画而言的概念。一般指欧美西方国家的绘画作品，类型包括油画、水彩画、版画、水粉、素描等。传统西洋画注重写实，利用透视、解剖的理论表现物象的质感、体积、空间感和物体在一定光源照射下所呈现的色彩效果。

黄金分割

黄金分割是指将整体一分为二，较大部分与整体部分的比值等于较小部分与较大部分的比值，其比值约为0.618。这个比例被公认为是最能引起美感的比例，称为“黄金比例”。

油画

用植物油调和颜料，在画布上进行制作的一个画种，色彩丰富，立体质感强，是西洋画的主要画种之一。

版画

视觉艺术的一个重要门类，具体说是以刀或化学药品等在木、石、麻胶、铜、锌等版面上雕刻或蚀刻后印刷出来的图画。在类型上可分为凸版、凹版和平版。

漫画

又称讽刺画，是一种艺术形式。一般运用变形、比拟、象征、暗示、影射的方法，构成幽默诙谐的画面或画面组，以取得讽刺或歌颂的效果。常采用夸张、比喻、象征等手法，讽刺、批评或歌颂某些人和事，具有较强的社会性和娱乐性。

年画

我国的一种古老民间艺术，和春联一样起源于“门神”。苏州桃花坞、天津杨柳青、山东潍坊和四川绵竹，是我国著名的四大民间木刻年画产地。

敦煌壁画

敦煌艺术的主要组成部分，规模巨大、技艺精湛。其内容丰富多彩，包括敦煌莫高窟、西千佛洞、安西榆林窟等共552个，是我国乃至世界壁画最多的石窟群。

2. 雕塑

圆雕

一种雕塑形式，又称立体雕，可以多方位、多角度欣赏的三维立体雕塑。

浮雕

一种雕塑形式，是在平面上雕刻出凹凸起伏形象的雕塑，介于圆雕和绘画之间的艺术形式，其空间构造可以是三维的立体形态，也可以兼备某种平面形态。

透雕

一种雕塑形式。透雕分为两种：一种是在浮雕的基础上，镂空其背景部分，有单面雕和双面雕两类；另一种是介于圆雕和浮雕之间的雕塑形式，也称凹雕。

米隆

希腊雕刻家，是希腊古典时期名家之一。擅长作青铜像，作品突破了古风时期雕刻的拘谨形式，把希腊雕刻艺术推向新的高峰。代表作《掷铁饼者》《雅典娜和玛息阿》《维纳斯》等。

米洛斯的阿弗洛狄忒

著名的断臂维纳斯，是一尊著名的古希腊大理石雕像，用以赞颂女性的人体美。这尊雕像就是希腊神话中爱与美的女神阿弗洛狄忒，罗马神话中与之对应的是维纳斯女神。

吕德

法国雕塑家，与 19 世纪法国最杰出的雕刻家乌顿、罗丹等人齐名。其代表作群像浮雕《马赛曲》现装饰在巴黎凯旋门上。

罗丹

法国雕塑艺术家，被认为是 19 世纪和 20 世纪初最伟大的现实主义雕塑艺术家，罗丹同他的两个学生马约尔和布德尔，被誉为欧洲雕刻“三大支柱”。代表作《思想者》《加莱义民》《青铜时代》《手》等。

秦始皇陵兵马俑

位于陕西省西安市，内有车兵、骑兵和步兵等不同的兵种，排列整齐有序，陶俑的形象各不相同。被誉为“世界第八大奇迹”“20世纪考古史上的伟大发现之一”。

霍去病墓石刻

汉代雕刻艺术珍品。霍去病是汉武帝的名将，其墓旁有大型石雕散置，有象、牛、马、猪、虎、羊、“怪兽食羊”“人与熊斗”和“马踏匈奴”等16件。

昭陵六骏

陕西醴泉唐太宗李世民陵墓昭陵两侧的六块骏马青石浮雕石刻。昭陵六骏造型优美，雕刻线条流畅，刀工精细、圆润，是珍贵的古代石刻艺术珍品。

潘鹤

别名潘思伟，中国著名雕塑家、书画家，曾从岭南派画家学国画。雕塑代表作有《艰苦岁月》《深圳开荒牛》《上海龙华烈士》等。

四大石窟

以中国佛教文化为特色的巨型石窟艺术景观，包括：敦煌莫高窟、大同云冈石窟、洛阳龙门石窟、天水麦积山石窟四大石窟。

3. 建筑

帕特农神庙

又名巴特农神庙，是指坐落在希腊首都雅典卫城古城堡中心的一座巍峨的矩形建筑物，神庙矗立在卫城的最高点，是雅典卫城最重要的主体建筑。

拜占庭式

一种建筑风格类型，其主要特点为鲜明突出的大圆顶。“拜占庭”原是古希腊的一个城堡，是诞生于东罗马将首都迁至拜占庭这一时期的拜占庭帝国的一种建筑文化，代表建筑有圣索菲亚大教堂、威尼斯圣马可大教堂。

罗马式

罗马式艺术即公元七八世纪以后，在西欧兴起的艺术，后来成为当时欧洲的艺术潮流，其影响力延续至13世纪。罗马式艺术的风格主要表现在教堂的建筑，以及装饰教堂的雕刻作品，代表建筑为意大利比萨教堂。

巴洛克

一种代表欧洲文化的典型的艺术风格，最初特指形状怪异的珍珠，其特点是追求动感，强调华丽的装饰性。巴洛克风格多体现在建筑上，绘画方面的代表人物是鲁本斯。

洛可可

洛可可风格是宫廷艺术，遵循“师法自然”。洛可可艺术风格精美繁琐，给人轻松的视觉快感，绘画代表人物为布歇。

梁思成

建筑学家，著名国学大师梁启超之子。毕生致力于中国古代建筑的研究和保护，是建筑历史学家、建筑教育家和建筑师。他参与了人民英雄纪念碑、中华人民共和国国徽等作品的设计。

贝聿铭

美籍华人建筑师。作品以公共建筑、文教建筑为主，被归类为现代主义建筑。他的代表建筑有美国华盛顿特区国家艺廊东厢、法国巴黎卢浮宫扩建工程。被誉为“现代建筑的最后大师”。

《园冶》

中国古代造园专著，也是中国第一本园林艺术理论的专著，明末造园家计成著。全书论述了宅园、别墅营建的原理和具体手法，反映了中国古代造园的成就，总结了造园经验，是一部研究古代园林的重要著作，为后世的园林建造提供了理论框架以及可供模仿的范本。

4. 书法

文房四宝

中国汉族传统文化中的文书工具，即笔、墨、纸、砚。文房四宝之名源于南北朝时期，自宋朝以来“文房四宝”则特指湖笔、徽墨、宣纸，和称为四大名砚的洮砚、端砚、歙砚、澄泥砚。

永字八法

中国书法用笔法则。以“永”字八笔顺序为例，阐述正楷笔势的方法，因其为写楷书的基本法则，后人又有将“八法”引为书法的代称。

书法宋四家

苏轼、黄庭坚、米芾、蔡襄的合称，被后世认为是最能代表宋代书法成就的书法家。

篆刻

书法和镌刻结合来制作印章的艺术，是汉字特有的艺术形式，迄今已有3700多年的历史。

王羲之

东晋时期著名书法家，有“书圣”之称。其书法兼善隶、草、楷、行各体，代表作《兰亭序》被誉为“天下第一行书”。在书法史上，他与其子王献之合称为“二王”。

王献之

书圣王羲之第七子。东晋著名书法家、以行书和草书闻名，但是楷书和隶书亦有深厚功底。传世名作《洛神赋十三行》。

欧阳询

楷书四大家之一。欧阳询与同代的虞世南、褚遂良、薛稷三位并称初唐四大家。代表作楷书有《九成宫醴泉铭》《皇甫诞碑》，行书《仲尼梦奠帖》对书法有其独到的见解，书法论著有《八诀》《传授诀》。

张旭

字伯高，被后世尊称为“草圣”。以草书著名，与贺知章、张若虚、包融号称“吴中四士”。书法与怀素齐名，代表作《古诗四帖》《肚痛帖》等。

怀素

幼年好佛，出家为僧，他的草书称为“狂草”，用笔圆劲有力，与唐代另一草书家张旭齐名，人称“张颠素狂”。代表作《自叙帖》《苦笋帖》《食鱼帖》。

颜筋柳骨

颜指颜真卿，柳指柳公权，“颜筋柳骨”是说他们二人的风格像筋、骨那样挺劲有力。“颜筋柳骨”出自宋代范仲淹《祭石学士文》：“曼卿之笔，颜筋柳骨”。

颜真卿

唐代著名政治家、书法家。颜真卿创立“颜体”楷书，与赵孟頫、柳公权、欧阳询并称为“楷书四大家”。又与柳公权并称“颜柳”。代表作《多宝塔碑》《颜勤礼碑》《祭侄文稿》等。

柳公权

唐代著名书法家、诗人。柳公权书法以楷书著称，自创“柳体”，以骨力劲健见长，后世有“颜筋柳骨”的美誉。《金刚经碑》《玄秘塔碑》为其主要作品。

苏轼

苏轼擅长写行书、楷书，与黄庭坚、米芾、蔡襄并称为“宋四家”。他曾遍学晋、唐、五代的各位名家之长，再将各家的创作风格融会贯通后自成一家。存世作品有《赤壁赋》《黄州寒食诗》《祭黄几道文》等帖。

米芾

北宋书法家、画家，宋四家之一。在书法上也颇有造诣，擅篆、隶、楷、行、草等书体，长于临摹古人书法，达到乱真程度。个性怪异，举止癫狂，因而人称“米颠”。代表作《草书九帖》《多景楼诗帖》《蜀素帖》等。

赵佶

宋徽宗，宋朝第八位皇帝。他自创一种书法字体被后人称之为“瘦金体”，瘦挺爽利、笔法犀利，代表作《秾芳依翠萼诗帖》是宋徽宗瘦金书的杰作。

吴昌硕

中国近现代书画艺术发展过渡时期的关键人物，“诗、书、画、印”四绝的一代宗师，晚清民国时期著名国画家、书法家、篆刻家，与任伯年、蒲华、虚谷齐名为“清末海派四大家”。代表作《瓜果》《灯下观书》等。

沈尹默

以书法闻名，曾任北大校长，擅长行、草、楷书，代表作《世说新语》。

启功

出身满族皇室，中国当代著名书画家、国学大师。代表作《红楼梦注释》《古代字体论稿》，其书法成就以行楷为最高。

欧阳中石

著名文化学者、书法家。其书法格调清新高雅，深厚中饱含创新精神，开一代书法新风之先河，代表作《中石夜读词钞》。

5. 工艺美术

黑陶

诞生于中国新石器时代， 在大溪文化、屈家岭文化、龙山文化遗址中均有发现，其中以屈家岭文化为最早，距今6000年左右。因以黑色陶器为主要特征，又称为“黑陶文化”。黑陶按质地可分为三种：泥质黑陶、夹砂黑陶、细泥黑陶。

长信宫灯

西汉长信宫灯，中国汉代青铜器，宫灯灯体为一通体鎏金、双手执灯的宫女，神态恬静优雅，此宫灯因曾放置于窦太后的长信宫而得名。

马踏飞燕

又名马超龙雀，为东汉青铜器，1969年出土于甘肃省武威市雷台汉墓。“马踏飞燕”自出土以来一直被视为中国古代高超铸造业的象征。1983年10月，“马踏飞燕”被国家旅游局确定为中国旅游标志。1986年被定为国宝级文物。

击鼓说唱俑

中国古代表演滑稽戏的俳优造型。它的特点是诙谐、幽默，多为一人说唱，以小鼓击节伴奏。反映出东汉时期塑造艺术的高度成就，具有很高的艺术价值。

唐三彩

汉族古代陶瓷烧制工艺的珍品，属于一种盛行于唐代的彩釉陶器，以黄、白、绿为基本釉色。它吸取了国画、雕塑等传统工艺美术的特点，距今已有1300多年的历史。

元青花

青花瓷生产于唐代，兴盛于元代。元青花大改传统瓷器含蓄内敛风格，以鲜明的视觉效果，给人以简明的快感，将青花绘画艺术推向顶峰。

刺绣

用针和线把人的设计和制作添加在任何存在的织物上的一种艺术。刺绣分丝线刺绣和羽毛刺绣两种，是中国民间传统手工艺之一，在中国至少有二三千年历史。中国刺绣主要有苏绣、湘绣、蜀绣和粤绣四大门类。

二、中国美术常识

青铜器

最早的青铜器出现于6000年前的古巴比伦两河流域。中国青铜器制作精美，在世界青铜器中享有极高的声誉和艺术价值，代表着中国在先秦时期高超的技术与文化。中国青铜器代表有司母戊鼎、四羊方尊等。

战国帛画

中国古代画种，因画在帛上而得名。帛是一种质地为白色的丝织品，在其上用笔墨和色彩描绘人物、走兽、飞鸟及神灵、异兽等形象的图画，约兴起于战国时期，至西汉发展到高峰。代表作《人物御龙》《人物龙凤》。

顾恺之

东晋画家，著有《论画》并提倡“迁想妙得”“以形写神”等论点，代表作《洛神赋图》《女史箴图》。

张僧繇

擅作人物故事画及宗教画，成语“画龙点睛”的故事即出自于有关他的传说，代表作《二十八宿神形图》《梠武帝像》《汉武射蛟图》。

陆探微

南朝刘宋时期画家，他把东汉张芝的草书体运用到绘画上，与东晋顾恺之并称“顾陆”。著有《竹林七贤》《宋孝武像》《宋明帝像》等作品。

谢赫

南朝齐、梁间画家、绘画理论家。善作风俗画、人物画。著有《古画品录》，为我国最古的绘画论著。提出中国绘画上的“六法”，成为后世画家、批评家、鉴赏家们所遵循的原则。

展子虔

北周末隋初画家。擅画车马人物、亭台楼阁、山水树石，传世作品《游春图》是中国山水画中独具风格的画体，亦是中国现存最古老的山水画。

李思训

唐代画家。擅画青绿山水，以金碧青绿的浓重颜色作山水，为五代和北宋时期的山水画奠定了基础。代表作《江帆楼阁图》《九成宫纨扇图》。

王维

唐朝著名诗人、画家。王维不但有卓越的文学才能，而且是出色的画家。笔下的山水景物特别富有神韵，表现出深长悠远的意境。并著有绘画理论著作《山水论》《山水诀》。

阎立本

唐代画家，对绘画、建筑都很擅长，取材多为宫廷贵族事件、活动。传世作品有《步辇图》《历代帝王像》等。

吴道子

唐代画家，尊称为画圣，擅佛道、神鬼、人物、山水等，尤精于佛道、人物，长于壁画创作。代表作《送子天王图》《十指钟馗图》。因笔法圆转飘逸，所绘人物衣带宛若迎风飘曳之状，而被称为“吴带当风”。

《历代名画记》

中国第一部绘画通史著作，唐代张彦远著。全书十卷，可分为对绘画历史发展的评述与绘画理论的阐述、有关鉴识收藏方面的叙述、370 余名画家传记三部分，具有当时绘画“百科全书”的性质，在中国绘画史学的发展中，具有无可比拟的承先启后的里程碑的意义。

荆关董巨

荆浩、关仝两人属北方画派，作品沉郁雄浑，气势宏大，尽显北方山河的雄奇；董源、巨然属南方画派，笔法细腻，写尽江南风景的秀美。

黄徐体异

宋代郭若虚对五代画家徐熙、黄筌评论的一种说法。徐熙、黄筌同是花鸟画家，但由于二人社会地位不同，环境与生活习惯不同，志向不同，审美情趣也不同，各自形成独特的绘画风格。后人称为“黄家富贵，徐熙野逸”。

顾闳中

五代十国中南唐人物画家，用笔圆劲，色彩浓丽，擅于描摹人物神情意态，代表作《韩熙载夜宴图》。

赵佶

宋徽宗，其艺术成就以花鸟画为最高，画作多为宫廷花鸟画，代表作《芙蓉锦鸡图》。

张择端

北宋画家，擅画楼观屋宇、林木人物。所作风俗画刻画细致、形象如生。其创作的《清明上河图》代表了宋代风俗画的最高水平，具有极高的艺术和史料价值。

李成

五代宋初画家。擅画山水，多画郊野平远旷阔之景。对北宋的山水画的发展有重大影响，北宋时期被誉为“古今第一”。代表作《读碑窠石图》《寒林平野图》。

范宽

北宋画家。擅画山水，为北宋山水画三大名家之一。其画峰峦浑厚端庄，气势壮阔伟岸，令人有雄奇险峻之感。代表作《溪山行旅图》《雪山萧寺图》。

南宋四家

李唐、刘松年、马远、夏圭的合称。

郭熙

北宋画家、绘画理论家。代表作《早春图》《关山春雪图》《窠石平远图》等。其子郭思整理其主张编纂画论《林泉高致》。

赵孟頫

赵孟頫博学多才，特别是书法和绘画成就最高，开创元代新画风，代表作《秋郊饮马图》。创书法“赵体”，与欧阳询、颜真卿、柳公权并称“楷书四大家”。

元四家

即黄公望、王蒙、倪瓒、吴镇四人。画风虽各有特点，但主要都从五代董源、北宋巨然的基础上发展而来，重笔墨，尚意趣，并结合书法诗文，是元代山水画的主流，对明清两代影响很大。

《富春山居图》

元代画家黄公望代表作，以浙江富春江为背景，全图用墨淡雅，极富于变化，被称为“中国十大传世名画”之一。较长的后段称《无用师卷》，现藏台北故宫博物院；前段称《剩山图》，现收藏于浙江省博物馆。

王冕

元朝著名画家、诗人。以画梅著称，画作多描写田园隐逸生活之作。代表作《墨梅图》。

吴门四家

又称明四家，指中国画史上沈周、文徵明、唐寅、仇英四位明代画家。“吴门四家”中沈周与文徵明，是吴门派文人画最突出的代表。

沈周

明代书画家。是明中期文人画“吴派”的开创者。传世作品有《庐山高图》《秋林话旧图》《沧州趣图》。

文徵明

明代画家。其画作追求平面感，情调娴静典雅，设色清丽雅洁，代表作《古木寒泉图》等。

唐寅

字伯虎，明朝著名的画家。与祝允明、文徵明、徐祯卿并称“吴中四才子”（即“江南四才子”），其绘画以“院体”为主兼备文人画的意趣，代表作《落霞孤鹜图》《山路松声图》等。

仇英

明代著名画家。擅画人物，尤其仕女，能运用多种笔法表现不同对象。代表作《汉宫春晓图》《桃园仙境图》《赤壁图》《玉洞仙源图》等。

董其昌

明代书画家。擅画山水，是“华亭画派”杰出代表。其画作和画论对明末清初画坛影响深远。代表作《岩居图》《秋兴八景图》等。

徐渭

明代著名文学家、书画家。大胆变革花鸟画，赋予花鸟虫兽以主观情感，带动水墨写意画的迅速发展，代表作《墨花图》《墨葡萄图》。

金陵八家

指龚贤、樊圻、吴宏、邹喆、谢荪、叶欣、高岑、胡慥八人，在创作技法和创作理念上较之前代都有着很大的突破，作品具有极强写实性，能从生活中得到画作灵感，形成了崭新的绘画风貌。

清初“四僧”

明末清初时期中国绘画史上名噪一时的绘画流派，由于画派成员石涛、八大山人、髡残和弘仁皆为僧侣，故名四僧。四僧借画抒发身世之感和抑郁之气，寄托对故国山川之情。四人都擅长山水画，虽风格各异，但都竭力发挥其创造性。

扬州八怪

中国清代中期活动于扬州地区一批风格相近的书画家总称，或称扬州画派。即金农、郑燮、黄慎、李鱓、李方膺、汪士慎、罗聘、高翔等人。扬州八怪的书画风格异于常人，不落俗套，有时含贬义，因此称作“八怪”。

吴昌硕

晚清民国时期国画家、书法家、篆刻家，“诗、书、画、印”四绝的一代宗师，其画作另辟蹊径、贵于创造，画面用色对比强烈。代表作《墨荷图》《瓜果》《桃实图》。

齐白石

近现代中国绘画大师，世界文化名人，与傅抱石并称“南北二石”。擅画花鸟、虫鱼、山水、人物，笔墨雄浑滋润，色彩浓艳明快，造型简练生动，意境淳厚朴实。所作鱼虾虫蟹，天趣横生。代表作《蛙声十里出山泉》《墨虾》等。

黄宾虹

现代画家。擅画山水，其画风有“黑、密、厚、重”的特色，代表作《山中坐雨》《青山红树》；著有《黄山画家源流考》《虹庐画谈》《画法要旨》等。

傅抱石

现代画家。擅画山水，尤擅作泉瀑雨雾之，与齐白石并称“南北二石”。与关山月合作《江山如此多娇》，其他代表作有《韶山》《湘夫人》。

潘天寿

现代画家、教育家。其写意花鸟初学吴昌硕，后学八大山人，曾任中国美术家协会副主席等职，擅长写意花鸟画和山水画，代表作《映日》《山居图》，著作有《中国绘画史》等。

徐悲鸿

中国现代画家、美术教育家。擅长人物、走兽、花鸟，主张现实主义，强调国画改革融入西画技法，作画主张光线、造型，并强调作品的思想内涵，被誉为中国近代“绘画之父”，擅长画马。代表作《愚公移山》《八骏图》《田横五百壮士》等。

林风眠

中国现代画家、艺术教育家。擅长仕女人物、静物风景，代表作《人道》《江畔》，是整个 20 世纪中国美术界的精神领袖。

刘海粟

中国现代画家、美术教育家。画风豪放劲拔、刚劲有力、气魄过人，代表作《黄山图》《黄山云海奇观》。

张大千

名爰，别号大千居士，是具有世界影响力的中国画大师，其山水画成就最高。除绘画外，他对诗词古文、戏剧音乐、书法篆刻无不涉猎。代表作《爱痕湖》《庐山图》《长江万里图》。

张乐平

中国现代漫画家，其漫画以政治讽刺见长。他所创作的三毛形象妇孺皆知，被誉为“三毛之父”，代表作《三毛流浪记》《三毛从军记》。

李可染

中国现代画家、诗人，画家齐白石的弟子。李可染自幼即喜绘画，擅长画山水、人物，尤其擅长画牛。代表作《牧牛图》《万山红遍》《井冈山》等。

董希文

中国现代油画家，擅长人物画，其油画在写实的基础上，吸收借鉴民族绘画手法，注重油画的民族性。代表作《开国大典》《哈萨克牧羊女》《百万雄师过大江》等主题性绘画。

罗中立

中国现代画家，现任四川美术学院院长，中国当代艺术院院长，代表作《父亲》、《荷花池》。

陈丹青

现代艺术家、作家、文艺评论家。陈丹青无论画风与文风，都具有一种优雅而朴素。1980年以《西藏组画》轰动中外艺术界，被公认为具有划时代意义的经典之作。

陈逸飞

中国现代画家，专注于中国题材油画的研究与创作，陈逸飞以“大美术”的理念，在电影、服饰、环境设计等诸多方面都取得了创造性成就，代表作《黄河颂》《占领总统府》等。

三、外国美术常识

1. 美术流派

翁布里亚画派

翁布里亚画派的画风比较华丽、抒情，具有装饰性，代表人物弗朗切斯卡，著有《论绘画透视》《论正确的形体》等论文。

佛罗伦萨画派

意大利文艺复兴时代形成的美术流派，早期代表画家有：乔托·迪·邦多纳、马萨乔、安杰利科等。盛期代表画家有：达·芬奇、米开朗琪罗、拉斐尔。16世纪末，由于佛罗伦萨政治上失去独立，经济衰落，以及画家盲目崇拜前辈的结果，逐渐走向风格主义。

威尼斯画派

16世纪以威尼斯画家乔尔乔内和提香为代表的绘画形式，他们吸收了文艺复兴鼎盛时期画家的精华，在色彩上大胆创新，画作更为生动明快。威尼斯画派对其后的巴洛克艺术时期画家有很大的影响。

枫丹白露画派

指16世纪装饰法国枫丹白露宫的一群艺术家。其中最重要的人物有罗索、普里马蒂乔和塞里奥等人，他们形成了独特的意大利艺术流派。为与宫廷气氛保持一致，装饰作品主题多数常有比喻性和象征性，以《狄安娜行猎》为代表。

新古典主义绘画

新古典主义是相对于17世纪的古典主义而言的美术流派。通常选择严峻的重大题材，在艺术形式上，强调理性而非感性的表现；在构图上强调完整性；在造型上，重视素描和轮廓，而对色彩不够重视。法国新古典主义绘画从维安、达维德到安格尔，取得了最优秀的成就并达到高峰，代表作《马拉之死》。

浪漫主义绘画

浪漫主义是资产阶级民主革命时期兴起于法国画坛的一个艺术流派。这一画派摆脱了当时学院派和古典主义的羁绊，偏重于发挥艺术家自己的想象和创造，创作题材取自现实生活，中世纪传说和文学名著等，有一定的进步性。

现实主义绘画

现实主义作为一场艺术运动，是与法国1848年革命同时出现的。现实主义坚决地用艺术写实的手法表现画家所处时代的风格、思想和面貌，最著名的画家是库尔贝。

巴比松画派

法国19世纪的风景画派。它不仅以写实手法表现自然的外貌，并且致力于在作品中表达出画家对自然的真诚感受，以真实的自然风景画创作否定了学院派虚假的历史风景画程式，揭开了19世纪法国声势巨大的现实主义美术运动的序幕。代表人物有杜勃莱、卢梭、米勒等。

印象主义绘画

19世纪后期产生于法国的一种艺术思潮和流派，画家根据光色原理对绘画色彩进行了大胆的革新，彻底反对官方学院派艺术的统治，后来成为以法国为中心的欧洲美术运动的主流。以莫奈的《日出・印象》为代表。

后印象主义绘画

法国美术史上继印象主义之后的美术现象，代表有塞尚的《坐在红扶手椅里的塞尚夫人》、高更的《海边的两个塔希提妇女》、梵高的《星月夜》等。

俄罗斯巡回画派

一批有才华的美术学院学生成立了彼得堡的“自由画家协会”，后来改组为“巡回展览派画家协会”。“巡回画派”画家提倡面对现实，主张艺术要有思想性，在内容上讽刺俄国统治阶级，表现城乡贫民的苦难生活，而且创造了一批为争取新生活而斗争的革命者形象。代表人物有列宾。

立体主义绘画

在西方现代艺术中，立体主义是一个具有重大影响的运动和画派。其作品将物体多个角度的不同视象，结合在画中同一形象之上。如毕加索的《亚威农少女》《格尔尼卡》，乔治・布拉克的《埃斯塔克的房子》。

野兽派绘画

法国盛行一时的现代绘画潮流。野兽派画家热衷于运用鲜艳、浓重的色彩，往往用直接从颜料管中挤出的颜料，以直率、粗放的笔法，创造强烈的画面效果，充分显示出追求情感表达的表现主义倾向。最主要的代表画家包括：马蒂斯、弗拉曼克、德兰等。

超现实主义绘画

深受弗洛伊德精神分析学说影响，产生了超现实主义画派。强调梦幻与现实的统一才是绝对的真实，力图把生与死，梦境与现实统一起来，具有神秘、恐怖、怪诞等特点。

代表画家有米罗、达利、恩斯特、马格里特等人。

抽象主义绘画

又称抽象派，其作品或热情奔放，或安宁静谧，都是以抽象的形式表达和激起人的情感。代表人物有杰克逊·波洛克等。

波普艺术

流行艺术（popular art）的简称，又称新写实主义，它代表着一种流行文化。其题材是商业流行文化和都市生活的日常之物，通过拼贴、批量复制等手法进行创作，它反映了战后成长起来的青年一代的社会与文化价值观，力求表现自我，追求标新立异的心理。波普艺术变化无常，很难有统一的风格。最具代表性的画家是安迪·沃霍尔，代表作《玛丽莲·梦露》《电椅》等。

2. 美术家

乔托

意大利文艺复兴时期杰出的雕刻家、画家、建筑师，被认定为是意大利文艺复兴时期的开创者和先驱者，被誉为“欧洲绘画之父”。著作有《金门之会》《犹大之吻》《圣母登宝座图》等。

波提切利

15 世纪末佛罗伦萨画派的著名画家，欧洲文艺复兴早期佛罗伦萨画派的最后一位画家，也是意大利肖像画的先驱者。代表作品《春》《维纳斯的诞生》。

达·芬奇

欧洲文艺复兴时期的科学家、发明家、画家。现代学者称他为“文艺复兴时期最完美的代表”，他最大的成就是绘画，代表作《蒙娜丽莎》《最后的晚餐》《岩间圣母》等作品，体现了他精湛的艺术造诣。

米开朗琪罗

意大利文艺复兴时期伟大的绘画家、雕塑家，文艺复兴时期雕塑艺术最高峰的代表。与拉斐尔和达·芬奇并称为文艺复兴三杰，代表作《大卫》《摩西》《创世记》等。

拉斐尔

意大利著名画家，“文艺复兴三杰”中最年轻的一位，擅长绘画圣母像，代表作品有《西斯廷圣母》《雅典学派》。

乔尔乔内

意大利威尼斯画派画家，是威尼斯画派成熟时期的代表人物，代表作《暴风雨》《三位博士》等。

提香

被誉为西方油画之父，是意大利文艺复兴后期威尼斯画派的代表画家，比起文艺复兴鼎盛时期画家的作品更重视色彩的运用。代表作《乌比诺的维纳斯》《戴手套的男人》《神圣与世俗之爱》等。

丢勒

德国画家、版画家。丢勒的作品以版画最具影响力，其作品气氛和情感表现得极其生动。主要作品有《启示录》《农民舞蹈》《小受难》等。

卡拉瓦乔

意大利杰出的现实主义画家。受威尼斯画派的影响，并继承了现实主义民俗画的传统，代表作《圣马太殉难》《圣马太蒙召》《基督下葬》等。

鲁本斯

德国画家，巴洛克美术的代表人物。他所作的油画多以宗教和神话为题材，代表作《上十字架》《复活》《爱之园》。

伦勃朗

欧洲 17 世纪最伟大的画家之一，也是荷兰历史上最伟大的画家。画作体裁广泛，擅长肖像画、风景画、风俗画等，代表作《夜巡》《三棵树》等。

达维特（大卫）

法国大革命时期的杰出画家，新古典主义的代表人物。主张艺术为政治服务，代表作《马拉之死》《拿破仑加冕大典》。

德拉克洛瓦

法国著名画家，浪漫主义画派的典型代表。他继承和发展了文艺复兴以来欧洲各艺术流派，并影响了以后的印象主义画家，代表作《自由引导人民》。

米勒

法国近代画家。绘画语言纯朴亲切，被广大法国农民所喜爱。《拾穗者》《播种者》是其代表作品。

莫奈

法国画家，印象派代表人物和创始人之一。莫奈是法国最重要的画家之一，擅长光与影的实验与表现技法，在作品《日出·印象》《睡莲系列》《维特尼附近的罂粟花田》中都有表现。

塞尚

法国著名画家，是后期印象派的主将，作为现代艺术的先驱，西方现代画家称他为“现代艺术之父”“造型之父”“现代绘画之父”。他重视色彩视觉的真实性，对物体体积感的追求和表现，为“立体派”开启了思路。代表作《玩纸牌者》《静物苹果篮子》。

梵高

荷兰后印象派画家。是后印象主义的先驱，深深影响野兽派与表现主义绘画，其作品色彩强烈、造型夸张，代表作《星月夜》《向日葵》等。

高更

法国后印象派画家，与梵高、塞尚并称为法国后印象派三大巨匠，代表作《塔希提少女》。

列宾

俄罗斯画家，巡回展览画派重要代表人物。创作了大量的历史画、风俗画和肖像画，表现了人民的贫穷苦难及对美好生活的渴望。代表作《伏尔加河上的纤夫》。

毕加索

西班牙画家，是现代艺术的创始人，西方现代派绘画的主要代表。他于创作的《亚威农少女》是第一张被认为有立体主义倾向的作品，代表作《斗牛士》《格尔尼卡》《和平鸽》。

杜尚

法国画家，达达主义和超现实主义代表人物，改变了西方现代艺术的进程，代表作《下楼的裸女》《泉》。

马蒂斯

法国著名画家，野兽派的创始人和主要代表人物，也是一位雕塑家、版画家。他以使用鲜明、大胆的色彩而著称。代表作《舞蹈》《钢琴课》。

康定斯基

俄罗斯的画家和美术理论家，现代抽象艺术的奠基人。代表作《秋》《冬》。他编著的《论艺术的精神》《关于形式问题》都是抽象艺术的经典著作。

理查德·汉密尔顿

被称作“波普艺术之父”，是世界上最有影响力的当代艺术家之一，他是波普艺术的领军人物，代表作品是拼贴画《今天的生活为什么如此不同，如此富有魅力？》，这一作品也被认为是第一件真正意义上的波普作品。

安迪·沃霍尔

美国波普艺术家，经常使用绢印版画技法来重现图像，作品中常出现名人或人们熟悉的事物，重复是其作品的一大特色，他还发明了广为流传的“成名十五分钟”理论。代表作《玛丽莲·梦露》《电椅》等。

数字集锦

【七】

建安七子：孔融、陈琳、王粲、徐干、阮瑀、应玚、刘桢

竹林七贤：嵇康、阮籍、山涛、向秀、阮咸、王戎、刘伶

世界古代七大建筑奇迹：埃及金字塔、亚历山大灯塔、巴比伦空中花园、阿尔忒弥斯神庙、宙斯神像、摩索拉斯陵墓、罗德岛太阳神巨像

拓展与回顾

1. 江泽民关于宣传工作有四句话，即“以**科学的理论**武装人，以**正确的舆论**引导人，以**高尚的精神**塑造人，以**优秀的作品**鼓舞人”。

2. 我国台湾地区设立的电影奖是**金马奖**，香港地区设立的电影奖是**金像奖**。

3. 我国第一部诗歌总集是**《诗经》**，我国首部浪漫主义诗歌总集是**《楚辞》**。

4. 中唐时，有两场著名的文学革新运动，一是韩愈、柳宗元领导的**古文运动**，一场是白居易、元稹领导的**新乐府运动**，分别在散文和诗歌领域里。

5. “亘古男儿一放翁”，梁启超这样高度评价的是南宋初年伟大的爱国诗人**陆游**。

6. 《儒林外史》是我国古代最杰出的长篇**讽刺小说**，主要揭露**科举制度**的弊端，作者是清中叶的**吴敬梓**。

7. 《家》是**巴金**的代表作，其中塑造了善良懦弱的哥哥**高觉新**和敢于反抗的弟弟**高觉慧**。

8. 中国第一部故事短片是 1913 年的**《难夫难妻》**；第一部长故事片是 1921 年的**《阎瑞生》**；第一部有声故事片是 1930 年的**《歌女红牡丹》**。

9. 世界上第一座广播电台于 1920 年在美国的**匹兹堡**开播。

10. 在各种广告片中，只有社会效益、没有经济效益的是**公益**广告，以扩大单位知名度、树立形象为目的的是**形象**广告。

11. 有时画面上的某一部分不宜公之于众，就在上面加上方格以使之模糊，这种俗称为**马赛克**。有时故意让画面或其中一部分变模糊，统称为**虚化**。

12. 新闻和文学的最大区别在于新闻必须真实，而文学可以**虚构**。新闻与历史的最大区别在于新闻讲究**时效性**，而历史对此不做要求。

13. 中国历史上有两个由少数民族建立的统一的封建王朝，一个是**元**朝，另一个是**清**朝。

14. 近年有两个亚洲国家因核试验问题而与西方国家展开了激烈的外交较量，一个是**朝鲜**，另一个是**伊朗**。

15. 南美洲国家中，除了**巴西**以外，都说西班牙语；西亚国家中，除了**以色列**以外，都信仰伊斯兰教。

16. 著名的断臂维纳斯是古希腊的大理石雕塑作品，也称为**《米洛斯的阿弗洛狄忒》**，表达体育运动题材的米隆的名作是**《掷铁饼者》**。

17. 清初画家朱耷号称**八大山人**，画有《荷花水鸟图》。后来画坛又出现了以**郑燮（郑板桥）**为首的“扬州八怪”，他最擅长画竹。

18. 列宾和**苏里科夫**都是俄国 19 世纪的批判现实主义画家，前者的代表作是**《伏尔加河上的纤夫》**，后者的代表作是**《近卫军临刑的早晨》**。

19. 奏鸣曲式是西洋音乐中的重要曲式，它常常分为呈示部、展开部和**再现部**，此前还可以加上“引子”，曲终还可以加上**尾声**。

20. **莱辛**是德国 18 世纪著名的文艺理论家、戏剧家，他的**《拉奥孔》**是世界著名的美学作品。

21. 俄国 19 世纪批判现实主义作家有《奥勃洛摩夫》的作者**冈察洛夫**和《罪与罚》的作者**陀思妥耶夫斯基**。

22. 元杂剧剧本包含三部分，即**曲**（唱段）、**白**（台词）和**科**（动作、表情）。

23. 被列为世界非物质文化遗产的**昆曲**，是我国最古老的戏曲剧种。

24. 黄梅戏是流传于**安徽**省的地方戏种，代表剧作有**《天仙配》**《女驸马》等，著名演员有严凤英、王少舫等。

25. **卓别林**是世界著名的喜剧大师，主演过**《淘金记》**《城市之光》**《摩登时代》**《大独裁者》等影片。

26. “有的人活着，他已经死了。有的人死了，他还活着。”这首诗的作者是**臧克家**，这首诗是为悼念**鲁迅**而写的。

27. 华彦钧又名**阿炳**，是著名的民间艺人，代表作为**《二泉映月》**。**刘天华**是著名的二胡演奏家，作有二胡曲《良宵》**《光明行》**等。

28. 北朝时期**郦道元**的**《水经注》**是一部地理著作，也是我国游记散文的开创之作。

29. “三言”和“二拍”是明末白话短篇小说集的合称，其中“三言”的作者是**冯梦龙**，“二拍”的作者是**凌濛初**。

30. 1956 年，北京电影制片厂拍摄了**《祝福》**，这是我国**第一部彩色故事片**。

31. 弘一法师原名**李叔同**，是著名的音乐家、教育家和爱国僧人。

32. **科班**指培养戏曲演员的机构，**梨园**是对戏曲团体的代称。

33. 甘肃歌舞剧团根据敦煌的**莫高窟**创作了民族舞剧《丝路花雨》。

34. 郭沫若的代表作有五四时期的新诗集**《女神》**和抗战时期的历史话剧《**屈原**》。

35. 《西厢记》的作者是**王实甫**。该剧的主人公是张生、崔莺莺和**红娘**。

36. 科学幻想小说《格兰特船长的儿女》《神秘岛》的作者是法国作家**凡尔纳**。

37. 莫里哀是 17 世纪法国伟大的喜剧家。他的代表作**《伪君子》** **《悭吝人》**。

38. 孔子是儒家学派的创始人，他的语录集**《论语》**是儒家经典。

39. 以阮籍、嵇康为首的七位文人合称为**竹林七贤**。

40. 盛唐时，以孟浩然、王维为代表的诗歌流派叫**山水（田园）诗**，以王昌龄、高适、岑参为代表的诗歌流派叫**边塞诗**。

41. **辛弃疾**是宋代写词最多、成就最高的词人。他作词600余首，“众里寻他千百度，蓦然回首，那人却在灯火阑珊处”是代表作**《青玉案·元夕》**中的词句。

42. 小令**《天净沙·秋思》**和杂剧**《汉宫秋》**是元曲作家马致远的代表作品。

43. 在散文**《送东阳马生序》**中，作者**宋濂**回顾了幼年刻苦读书的情景。

44. 晚清一批资产阶级改良派思想家、文学家倡导文学改革。其中倡导“诗界革命”的是近代最杰出的诗人**黄遵宪**，倡导“文界革命”的是维新派领袖**梁启超**。

45. 中国现代著名的诗人**臧克家**代表作《有的人》；**艾青**代表作《大堰河——我的保姆》。

46. **1958**年5月1日，我国第一家电视台开播，它当时的名称是**北京电视台**。

47. **场记**是导演的主要助手，主要负责拍摄现场的各种记录协调工作。

48.《杨澜访谈录》《鲁豫有约》等属于**谈话类**节目，《开心辞典》《超级英雄》等属于**益智类**节目。

第六章

音乐常识

CHAPTER

06

一、音乐理论常识

1. 基本常识

节奏

音乐在进行中音阶、音符或者音节的长短和强弱关系。被比喻为音乐的骨骼。

旋律

又称曲调，是构成音乐形象的首要因素。是指一系列高低、长短、强弱不同的音按照一定的节奏组织形成的序列，是乐曲的基础和灵魂。

节拍

指一系列强弱不同的拍子构成的有规律的进程。是衡量节奏的单位。常见的拍子有2/4拍、3/4拍、4/4拍等。

曲式

乐曲的结构形式。常见的曲式有乐段式、二段式、三段式、变奏曲式、奏鸣曲式等。曲式一般都遵循三个原则，即对比、变奏、重复。

三部曲式

曲式之一，主要由三部分旋律构成，分别为呈现段—中段—再现段。其按照复杂程度的不同又分为单三部曲式和复三部曲式。

变奏曲式

曲式之一，由乐曲中的主题乐段及其一系列的变化和反复而构成。按照变奏手法的不同又分为装饰变奏、对应变奏、曲调变奏、自由变奏等类型。

回旋曲式

曲式之一，由乐曲中的主题乐段周而复始循环往复构成。而在两次主题的重复之间，往往要插入对比主题的副乐段。其结构一般为 A–B–A–C–A–D……

奏鸣曲式

曲式之一，往往包含几个不同主题的呈现、发展和再现。这种曲式不仅用于奏鸣曲中，也用于室内乐、协奏曲、交响曲等大型音乐作品的相应乐章。此外在序曲、交响诗等作品中也常见到。

简谱

一种简易的记谱法。起源于 18 世纪的法国，后经日本传入我国。用 1、2、3、4、5、6、7 代表音阶中的 7 个基本音级，读音为 do、re、mi、fa、sol、la、si，休止以 0 表示。每一个数字的时值名相当于五线谱的 4 分音符。

五线谱

起源于希腊，是目前世界上通用的记谱法，也叫正谱。在 5 根等距离的平行横线上，标以不同时值的音符及其他记号来记载音乐。因其直观形象，故而便于器乐演奏。

美声唱法

声乐演唱方法的一种，起源于意大利，发声方法科学，讲究技巧。音色优美厚实而富有变化。在西方声乐的发展过程中，美声唱法占据着不可取代的地位。

民族唱法

由中国各族人民按照自己习惯和爱好创造和发展起来的歌唱艺术。包括中国的戏曲唱法、说唱唱法、民间歌曲唱法和民族新唱法四种唱法。在表现形式上是多种多样的，演唱风格又有鲜明的民族特色，语言生动且感情质朴。

通俗唱法

又称流行唱法，始于 20 世纪三四十年代。其特点是声音自然，近似说话。演唱时必须借助电声扩音器，又根据歌曲情绪需要，带有很强的娱乐性、即兴性和抒情性。

原生态唱法

在我国广泛流传的“原汁原味”的民间歌唱形式，原生态唱法更加天然而不加修饰。演唱时多使用当地方言，具有很强的即兴性和乡土气息。

复调音乐

多声部音乐的一种，起源于中世纪的教会圣咏。与主调音乐相对，复调音乐作品中含有两条以上的独立旋律，通过技术性处理和谐地结合在一起。各声部并无主次之分，彼此相互补充或形成对比。

主调音乐

多声部音乐的一种，整部作品以其中某一个声部的旋律为主，其他的声部进行陪衬和伴奏。其特点是音乐形象明显，感情表达明确，欣赏者比较容易能够融入其中。和声是主调音乐最重要的创作基础。

2. 体裁形式

中国传统音乐体裁

劳动号子

产生并应用于劳动的民间歌曲，其音乐风格粗犷豪迈，韵律性强，带有很强的即兴性。有搬运号子、工程号子、农事号子、渔船号子等。

山歌

中国民歌的基本体裁之一，是人们在田野劳动或抒发情感时即兴演唱的歌曲。它的内容广泛、结构短小、曲调爽朗、情感质朴、节奏自由。常见的种类有信天游、山曲、花儿、客家山歌等。

信天游

民歌形式的一种，主要流传于我国西北的广大地区。基本上是即兴之作，其曲调悠扬奔放，粗犷豪放，具有极强的艺术感染力。其内容主要以反映爱情婚姻，反抗压迫争取自由为主。

花儿

民歌形式的一种，广泛流行于我国青海、甘肃等西部省区，被誉为大西北之魂。其唱词浩繁，文学价值较高。声调既高亢嘹亮又委婉动听。有很强的即兴性、抒情性。

小调

民歌形式的一种，又称小曲、俚曲、俗曲等。是人们在劳动之余，日常生活当中以及婚丧节庆时用以抒发情怀、娱乐消遣的歌曲体裁。其分布相当广泛，几乎遍及中国汉族地区。具有结构规整、节奏多变、曲调细腻婉转等特点。

花鼓戏

中国汉族地方戏曲剧种，曲调活泼轻松，旋律流畅明快。比较著名的有凤阳花鼓、湖南花鼓戏等，凤阳花鼓又称花鼓小锣、打花鼓等。起源于安徽凤阳，有凤阳“一绝”和“东方芭蕾”之美称，并入选国家级非物质文化遗产名录。

江南丝竹

中国传统器乐体裁之一，流行于江浙沪。演奏乐器主要有弹弦乐器小三弦、琵琶、扬琴，竹管乐器箫、笙，以及打击乐器鼓、板、木鱼、碰铃等。旋律抒情优美，风格清新流畅。乐曲多来自于汉族民间婚丧喜庆和庙会活动的风俗音乐，代表作有《欢乐歌》《云庆》《行街》等。

广东音乐

我国广东地区的特色乐种。起源于明代，成型于清代，繁荣于民国时期。其擅长对生活情趣的描摹，音乐配器丰富，组合形式多样，旋律流畅，节奏欢快。代表曲目有《雨打芭蕉》《龙飞凤舞》《汉宫秋月》等。

西方音乐体裁

歌剧

歌剧是将音乐、戏剧、文学、舞蹈、舞台美术等融为一体的综合性艺术，17 世纪兴起于意大利，通常由咏叹调、宣叙调、重唱、合唱、序曲、间奏曲、舞蹈场面等组成。1607 年蒙特威尔第创作的《奥菲欧》是近代歌剧的起点，歌剧的代表作还有普契尼的《蝴蝶夫人》、比才的《卡门》等。

音乐剧

20 世纪出现的一门新兴的综合舞台艺术，集歌、舞、剧为一体。与歌剧相比，音乐剧大量吸收了当代通俗音乐的风格特征。广泛地采用了高科技的舞美技术，不断追求视觉效果和听觉效果的完美结合，使音乐通俗易懂，充满现代气息。代表作主要有《歌剧魅影》《悲惨世界》《西贡小姐》《猫》等。

清唱剧

16 世纪源于西方基督教文化的一种演出形式，清唱剧与歌剧相似，有一定的戏剧情节，由多种声乐曲以及管弦乐队组成。不同的是没有布景、服装和动作。代表作有《马太受难曲》《弥赛亚》《创世纪》等。中国的第一部清唱剧是黄自的《长恨歌》。

康塔塔

17 世纪初产生于意大利的一种声乐体裁。是一种由宣叙调、咏叹调和重唱等段落组成，以抒情性或戏剧性诗歌为基础，与清唱剧有相似的音乐结构，并更为通俗，而戏剧和表演成分则较弱。代表作有《大卫》《浪子》等。

艺术歌曲

由诗歌与音乐结合而成的一种音乐体裁，因浪漫主义音乐大师舒伯特的作品而得名。是 19 世纪浪漫主义音乐的一种独特的艺术表现形式。历史上著名的艺术歌曲作者有舒伯特、舒曼、柴可夫斯基和德沃夏克等。

交响曲

器乐体裁的一种。是由管弦乐队演奏，包含多个乐章的大型奏鸣曲。一般分为 4 个乐章，乐曲气势恢宏，极富表现力。代表作有莫扎特的《第四十交响曲》，贝多芬的《第五交响曲》《第六交响曲》，柴可夫斯基的《悲怆交响曲》等。

交响诗

一种单乐章的交响乐体裁，往往以文学、绘画、历史故事和民间传说等为题材。其形式不拘一格，常根据奏鸣曲式的原则自由发挥，或体现一个哲学思想，或体现一种诗的意境。代表作有李斯特的《山上听闻》《塔索》《前奏曲》《普罗米修斯》等。

奏鸣曲

一种多乐章的器乐体裁。一般由钢琴、小提琴、管弦乐分别或联合演奏。主要分为四个乐章，往往包含几个不同主题的呈现、发展和再现。是西方古典音乐的重要表现方式之一。

协奏曲

一种独奏乐器与管弦乐队协同演奏器乐体裁。主要分为钢琴协奏曲、小提琴协奏曲、大提琴协奏曲等。如有两件以上主要乐器则称为双重奏，三重奏，四重奏等。著名作曲家，如海顿、莫扎特、贝多芬等均创作有大量的协奏曲作品。

室内乐

由一件或多件小型乐器演奏的音乐形式。原指西方在房间内演奏的宫廷音乐，后引申为在比较小的场所演奏的音乐，主要包括重奏曲和小型器乐合奏曲。

组曲

一种古老的器乐套曲形式，往往由几个相对独立的乐章，在统一的艺术构思下排列、组合而成。主要类型有古典组曲、芭蕾组曲、现代组曲等。代表作有《培尔·金特》《胡桃夹子》等。中国的知名作品有《春节组曲》《白毛女》等。

序曲

歌剧、舞剧等大型作品开始时由管弦乐队演奏的短曲，亦称“开场音乐”。最早只是为等待观众入场而演奏。后来作曲家们将剧情因素引入其中，使之逐步与歌剧的戏剧性融为一体，从而更有效地引导观众进入歌剧的发展过程中。代表作有《威廉·退尔序曲》《卡门序曲》《仲夏夜之梦序曲》等。

狂想曲

一种以民歌曲调为基础进行变奏的音乐体裁。其名称源于古希腊的流浪艺人演唱的史诗。作曲家运用民族、民间音乐素材进行发挥，具有史诗风格和民族色彩。代表作有《匈牙利狂想曲》《西班牙狂想曲》《蓝色狂想曲》《斯拉夫狂想曲》等。

即兴曲

19 世纪的一种抒情性乐曲。最初因作品多为偶发灵感的即兴创作而得名，后来发展为器乐短曲曲名。代表作有肖邦的《幻想即兴曲》、舒伯特的《即兴曲》等。

小夜曲

一种抒情性的音乐体裁，原是欧洲游吟诗人在恋人的窗前所唱的爱情歌曲，后来演化为声乐或器乐小品。风格缠绵婉转、优美恬静。著名作曲家，如海顿、莫扎特、舒伯特等都创作有大量的小夜曲作品。

谐谑曲

一种三拍子器乐体裁，又称诙谐曲，是舞曲的变种。“谐谑”是指用音乐来表现诙谐幽默的情趣。其主要特点是速度轻快，节奏活跃而明确，带有舞曲性与戏剧性的特征。谐谑曲在很多作曲家如巴赫、贝多芬、柴可夫斯基等的作品中都有表现。

前奏曲

一种类似于序曲的音乐体裁。最初只是戏剧或组曲之前的器乐引子，后来逐渐演变成一种独立的中小型器乐曲，如肖邦的《前奏曲 24 首》中的乐曲，巴赫、李斯特等作曲家也写过同类的作品。

进行曲

一种具有鲜明节奏特色的音乐体裁。最初用于军事活动以鼓舞士气。常以偶数拍作周期性反复，曲调鲜明，节奏整齐。其种类繁多，形态各异，具有鲜明的时代特点和地域风格，并具有很强的社会实用功能。代表作有《义勇军进行曲》《土耳其进行曲》《拉德斯基进行曲》《运动员进行曲》等。

圆舞曲

一种用于舞蹈伴奏的器乐体裁，又称“华尔兹”。起源于奥地利的民间舞蹈，乐曲旋律优美，节奏欢快，多为三拍子，第一拍的重音较突出。舞蹈根据步伐速度不同分为快慢两种，除多用旋转外，还演变出复杂多姿的舞步。代表作有《蓝色多瑙河》《维也纳森林叙曲》《春之声》等。

二、中国音乐常识

俞伯牙

春秋时期演奏家、作曲家。被尊为“琴仙”。琴曲《高山》《流水》和《水仙操》据传都是他的作品。

嵇康

魏晋时期思想家、音乐家、文学家，为“竹林七贤”中的精神领袖。他通晓音律，尤爱弹琴。作有《长清》《短清》《长侧》《短侧》四首琴曲，并著有音乐理论著作《琴赋》《声无哀乐论》。

李叔同

即弘一法师，中国音乐家、教育家，致力于将西方的音乐、绘画等艺术介绍到中国。是中国近代音乐教育事业的先驱，掀起了“学堂乐歌”的风潮。创作了《送别》、《忆儿时》等大量歌曲。并创办中国第一部音乐刊物《音乐小杂志》。

华彦钧

我国民间演奏家，人称“瞎子阿炳”。他自幼刻苦钻研道教音乐，并广泛吸取民间音乐的曲调，一生共创作和演出了270多首民间乐曲。现存有二胡曲《二泉映月》《听松》《寒春风曲》和琵琶曲《大浪淘沙》《龙船》《昭君出塞》六首。

刘天华

中国作曲家、演奏家、音乐教育家。他一生致力于改进国乐，整理保存了中国大量民间音乐，并在其基础上吸收西洋音乐的创作和演奏技巧，在民族器乐的发展上取得了杰出的成就。他改进了二胡的制造规格和记谱法，被誉为“现代二胡鼻祖”。代表作《光明行》《良宵》《空山鸟语》等。

萧友梅

中国作曲家、音乐教育家，中国音乐教育事业的开拓者。在蔡元培的帮助下在上海创办了中国第一所专业高等音乐学府国立音乐院。一生致力于中国的音乐教育事业，编写了大量乐曲和音乐教材。被誉为中国音乐教育的一代宗师。

黄自

中国作曲家、音乐理论家，是中国早期音乐教育的奠基人。一生创作了94首交响乐、室内乐、清唱剧、教材歌曲等多种体裁形式的音乐作品和大量的音乐论著。代表作《长恨歌》《怀旧》《抗敌歌》《旗正飘飘》等。

冼星海

中国作曲家、钢琴家，被誉为“人民音乐家”。他创作了大量抗日救亡的乐曲，具有鲜明的民族风格和强烈的时代精神，极大的鼓舞了抗日军民的士气。代表作《在太行山上》《黄河大合唱》《生产大合唱》《到敌人后方去》等。

聂耳

中国作曲家。一生共创作了37首乐曲，其中大部分是革命歌曲。他的音乐创作具有鲜明的时代感和思想性，以及高昂的民族精神，是无产阶级革命音乐的先驱。为电影《风云儿女》所作的配乐《义勇军进行曲》成为中华人民共和国国歌。代表作还有《毕业歌》《卖报歌》《铁蹄下的歌女》《金蛇狂舞》等。

贺绿汀

中国当代音乐家，长期担任上海音乐学院院长。其音乐作品类型丰富、旋律优美、结构严谨，并带有鲜明的民族特色。代表作有《游击队之歌》《春天里》以及电影《马路天使》的配乐《四季歌》等。

马思聪

中国当代作曲家，第一代小提琴演奏家。创作涉及小提琴、交响乐等多个音乐领域。其作品简明流畅、清丽素雅，兼具民族特色和现代气息。代表作《思乡曲》《摇篮曲》《西藏音诗》《塞外舞曲》等。

王洛宾

中国当代民族音乐家。一生致力于西部民歌的搜集、整理、创作，被誉为“西部歌王”。他的作品极为丰富，其风格悠扬婉转，极富民族气息。代表作《在那遥远的地方》《半个月亮爬上来》《达坂城的姑娘》《掀起你的盖头来》《可爱的一朵玫瑰花》等。

雷振邦

中国当代作曲家、电影配乐大师。他的作品形象鲜明饱满，旋律优美抒情，具有浓郁的民族地方风味。电影《冰山上的来客》中的歌曲《花儿为什么这样红》是他的代表作。此外，《刘三姐》《五朵金花》《芦笙恋歌》等电影的配乐也出自他的手下。

刘炽

中国当代作曲家，充分吸收了地方民歌艺术的精华，作品深情优美、气势磅礴。代表作有歌剧《阿诗玛》、电影《上甘岭》的主题曲《我的祖国》、电影《英雄儿女》的主题曲《英雄赞歌》、电影纪录片《祖国的花朵》的插曲《让我们荡起双桨》等。

傅庚辰

中国当代军旅作曲家。创作了大量革命军事题材影片的配乐歌曲，作品既通俗易懂又优美隽永。代表作有为电影《闪闪的红星》所作的配乐《红星歌》《红星照我去战斗》，电影《雷锋》《地道战》《挺进中原》《风雨下钟山》的配乐等。

施光南

新中国培养的第一代作曲家，被誉为“时代歌手”。他创作的歌曲雅俗共赏，既有浓郁的民族风味，又有鲜明的时代特征，对日后的通俗歌曲创作产生了积极深远的影响。代表作《祝酒歌》《在希望的田野上》《打起手鼓唱起歌》《最美的赞歌献给党》《吐鲁番的葡萄熟了》等。

谷建芬

中国当代女作曲家，创作了大量脍炙人口的通俗歌曲，如《年轻的朋友来相会》《那就是我》《烛光里的妈妈》《今天是你的生日——中国》《思念》《歌声与微笑》《二十年后再相会》《滚滚长江东逝水》等。她在80年代创办了“谷建芬声乐培训中心”。培养了像毛阿敏、那英、解晓东、孙楠等一批流行歌手，开创了中国当代流行音乐的先河。

徐沛东

中国当代作曲家。作品既有传统风韵的歌曲，也有整合各种形式的多元化风格作品。代表作有歌曲《十五的月亮十六圆》《亚洲雄风》《辣妹子》《爱我中华》《大地飞歌》《风景这边独好》等，并为《篱笆、女人和狗》《雍正王朝》《走向共和》等电影电视剧谱写了配乐。

谭盾

中国当代作曲家、指挥家。他将多元化的音乐理念与中国传统文化底蕴相结合，创造出自己独特的风格，成为中西方音乐文化交流的桥梁。他为电影《卧虎藏龙》所作的配乐获得了美国第73届奥斯卡最佳原创音乐奖。

陈其钢

中国当代作曲家，是当今少数几个在世界音乐舞台上活跃的中国作曲家之一。他的作品将中国的传统元素很好地融合于西方现代风格之中。他曾经担任北京奥运会开幕式的音乐总监，并创作了北京奥运会主题曲《我和你》，还曾为《山楂树之恋》《归来》等电影创作配乐。

印青

中国当代军旅作曲家。他将活泼的现代意识、流行元素融入到传统的主旋律风格之中，使作品既有很强的思想性，又脍炙人口、深入人心。代表作《走进新时代》《西部放歌》《天路》等。

赵季平

中国当代作曲家，他的创作成就集中体现在影视配乐方面。《黄土地》《红高粱》《大红灯笼高高挂》《秋菊打官司》《霸王别姬》《活着》《水浒传》《大宅门》《乔家大院》等影视剧的配乐均出自他手。他作品兼具思想性和艺术性，往往与影片融为一体。

黄霑

香港作家、词曲家。与金庸、倪匡、蔡澜并称为“香港四大才子”，他所作的歌词往往在洞悉世态炎凉之后却始终保持积极进取的精神。代表作《上海滩》《沧海一声笑》《男儿当自强》《倩女幽魂》《青蛇》等。

崔健

中国当代摇滚乐歌手，开创了中国摇滚乐的先河，他的音乐深受西方摇滚文化的影响，被誉为“中国摇滚之父”，代表作《一无所有》《新长征路上的摇滚》《花房姑娘》《假行僧》等。

郎朗

当代青年钢琴家，是第一位受聘于世界顶级的柏林爱乐乐团和美国五大交响乐团的中国钢琴家。他的演奏风格热情奔放，表现力丰富，尤其擅长演绎柴可夫斯基的钢琴协奏曲。并多次在奥运会开幕式、CCTV 春节联欢晚会、格莱美颁奖盛典等大型晚会上担任演奏嘉宾。

李云迪

当代青年钢琴家，2000 年成为历史上最年轻的肖邦国际钢琴比赛冠军，也是至今唯一获此殊荣的中国人。他的演奏风格细腻内敛，擅长演奏肖邦和李斯特的作品，被英国 BBC 赞为“来自中国的超级钢琴巨星”。

《阳关三叠》

又名《阳关曲》《渭城曲》，是根据唐代诗人王维的七言绝句《送元二使安西》谱写的一首琴歌，表达作者对即将远行的友人的惜别之情。

《十面埋伏》

琵琶独奏曲。描写楚汉战争期间项羽和刘邦在垓下决战的情景。节奏变化丰富，气势雄伟激昂，是中国十大古典名曲之一。

《茉莉花》

中国民歌，源自江浙的民间小调。在中国及世界广为流传，被誉为“中国的第二国歌”。意大利著名歌剧《图兰朵》中就曾采用这段旋律。在香港回归祖国政权交接仪式、北京奥运会开幕式等重大场面上也经常作为演出曲目。

《黄河大合唱》

著名合唱曲。由诗人光未然作词，冼星海谱曲。全曲由序曲及八个乐章组成。以黄河为题，以抗日战争为历史背景，颂扬了中华民族源远流长的历史，痛诉侵略者的残暴和人民的苦难，激励受压迫的人民为民族解放而奋斗。

歌剧《白毛女》

抗日战争时期在中国共产党解放区创作的一部歌剧作品。表达了“旧社会把人变成鬼，新社会把鬼变成人”这一主题。后来被改编成电影、京剧、芭蕾舞等多种艺术形式。是“文革八个样板”戏之一，产生了深远的历史影响。

小提琴协奏曲《梁祝》

由何占豪、陈刚作曲。1959 年在上海首次公演，开创了中国民族音乐和西方器乐合奏相结合的先河。《梁祝》取材自梁山伯与祝英台的民间传说，此曲在国外被称为“蝴蝶的爱情协奏曲”。

《百鸟朝凤》

唢呐独奏曲，源自流行于山东、河南、河北等地的民间音乐。旋律热情欢快，仿佛百鸟和鸣，展现了生机盎然的大自然图景。

三、外国音乐常识

蒙特威尔第

意大利作曲家，是介于文艺复兴时期和巴洛克时期之间的人物，也是意大利牧歌的奠基人，他创作的歌剧《奥菲欧》是第一部真正意义上的歌剧。

古典主义音乐

18 世纪下半叶至 19 世纪初形成的一种音乐风格，其音乐作品兼具理智和情感，是思想性与艺术性的高度统一，音乐特征多是反映人类普遍思想要求，强调风格的高雅，给予人们乐观向上的进取精神。在继承欧洲传统音乐的基础上确立了近代鸣奏曲、交响曲、协奏曲、各类室内乐的体裁和形式。代表人物有巴赫、海顿、莫扎特、贝多芬等。

巴赫

德国作曲家，被誉“西方音乐之父”。他是巴洛克时期复调音乐的集大成者，作品结构严谨、形式完美，具有高度的逻辑性和深刻的思想内涵。代表作《马太受难曲》《勃兰登堡协奏曲》《G 弦上的咏叹调》等。

海顿

奥地利作曲家，维也纳古典乐派的杰出代表，被尊称为“交响乐之父”。他的音乐明快、幽默，充满对美好生活的赞颂。代表作《告别交响曲》《惊愕交响曲》《时钟交响曲》、清唱剧《创世纪》和《皇帝四重奏》。

莫扎特

奥地利作曲家，维也纳古典乐派的杰出代表。他 4 岁便能作曲，6 岁在欧洲进行巡回演出，被誉为“音乐神童”。他的作品旋律优美生动、节奏幽默欢快、结构精致严谨，充满想象力和生命力。代表作《魔笛》《唐璜》《费加罗的婚礼》《安魂曲》《G 大调弦乐小夜曲》等。

贝多芬

德国作曲家，维也纳古典乐派的杰出代表，被誉为“乐圣”。他是古典主义音乐的集大成者，又开创了浪漫主义音乐的先河。他的作品具有丰富的戏剧性、强烈的英雄气概和深刻的思想性。代表作《第三“英雄”交响曲》、《第五“命运”交响曲》《第六“田园”交响曲》和《第九“合唱”交响曲》等。

浪漫主义音乐

19 世纪初兴起的一个音乐流派。它在继承古典乐派的传统之上，强调音乐要融合诗歌、戏剧、绘画等其他艺术元素，推崇主观情感的表现，风格更为自由和多样化。代表人物有舒曼、李斯特、肖邦、门德尔松、施特劳斯父子、柴可夫斯基、瓦格纳等。

舒伯特

奥地利作曲家，早期浪漫主义音乐的代表人物，被誉为“艺术歌曲之王”。他的音乐风格优美清新，极富诗意。代表作《魔王》《野玫瑰》《鳟鱼》《流浪者》《小夜曲》《摇篮曲》《圣母颂》《第八交响曲》等。

门德尔松

德国作曲家，被誉为浪漫主义杰出的“抒情风景画大师”，代表作《仲夏夜之梦》《e 小调小提琴协奏曲》《a 小调第三交响曲》等。

舒曼

德国作曲家、音乐评论家。19 世纪德国浪漫主义音乐的典型代表人物。他的创作追求诗意化的情感表达，充满浪漫主义气息。代表作《童年情景》《蝴蝶》《狂欢节》和《C 大调幻想曲》等。

勃拉姆斯

德国作曲家、钢琴家。被称为德国古典主义最后的作曲家。他的作品兼有古典手法和浪漫精神，气势宏伟，结构精巧。代表作《第一交响曲》《D 大调小提琴协奏曲》《匈牙利舞曲》等。

瓦格纳

德国作曲家，古典主义音乐大师。德国歌剧史上承前启后的人物，开启了浪漫主义歌剧的潮流。代表作《女武神》《尼伯龙根的指环》等。

肖邦

波兰钢琴家、作曲家，被誉为“浪漫主义钢琴诗人”。他的作品以钢琴曲为主，其钢琴演奏技巧也十分精湛，以他的名字命名的肖邦国际钢琴比赛是世界上最负盛名的钢琴比赛之一。代表作《波兰舞曲》《玛祖卡舞曲》《叙事曲》《夜曲》《革命练习曲》等。

柏辽兹

法国作曲家，法国浪漫主义乐派的代表人物。他喜欢从著名的文学作品中汲取灵感，曲式严谨丰富。代表作《幻想交响曲》《葬礼与凯旋交响曲》《罗密欧与朱丽叶》等。

李斯特

匈牙利作曲家、钢琴家，是浪漫主义音乐前期的代表人物。他拓展了钢琴的演奏技巧，追求在钢琴上创造管弦乐的效果，丰富了钢琴的表现力，有“钢琴之王”的美称。代表作《匈牙利狂想曲》等。

威尔第

意大利作曲家，代表了意大利浪漫主义歌剧的高峰。因其作品中饱含爱国主义思想，又被誉为“意大利革命的音乐大师”。代表作有歌剧《弄臣》《茶花女》《奥赛罗》《阿伊达》等。

歌剧《茶花女》

意大利作曲家威尔第根据法国文学家小仲马的著名小说《茶花女》为蓝本谱曲的三幕歌剧。讲述了沦落风尘的贫家女玛格丽特的爱情悲剧。歌剧中的《饮酒歌》《啊！梦里情人》《及时行乐》等脍炙人口的歌曲一直为人们广为传唱。

罗西尼

意大利作曲家，擅长创作喜剧题材的歌剧。其中既有对贫民生活的反映，又有对贵族浮华百态的描绘。作品中人物个性鲜明，戏剧冲突强烈。代表作《塞维利亚的理发师》《威廉·退尔》《灰姑娘》《摩西》等。

普契尼

意大利歌剧作曲家，真实主义歌剧流派的代表人物之一。他的作品多取材于下层人民生活，着眼于现实社会人们的真实情感，充满人文情怀和异国情调。代表作《图兰朵》《蝴蝶夫人》等。

歌剧《图兰朵》

意大利作曲家普契尼根据阿拉伯《一千零一日》中的童话故事改编的三幕歌剧。剧中主人公中国元朝的公主图兰朵设置了三个谜题，声明自己将嫁给能解答出来的人，而答错的人将被处死。这部作品集中了西方人对神秘而古老东方的想象。其中吸收了江南民歌《茉莉花》的旋律，带有浓郁的中国韵味。

印象主义音乐

19 世纪末欧洲出现的一个音乐流派。深受“象征主义文学”和“印象主义绘画”的影响，多以自然景物或诗歌绘画为题材，突出瞬间的主观印象或感受，是浪漫主义音乐向现代音乐过渡的桥梁之一。代表人物有德彪西、拉威尔等。

德彪西

法国作曲家、音乐评论家。被誉为近代“印象主义”音乐的鼻祖。他的作品不同于古典主义音乐的严谨和逻辑性，也没有浪漫主义音乐的丰富情感，而是充满奇异的幻想、朦胧的感觉和变幻莫测的色彩。代表作《牧神午后前奏曲》《大海》等。

民族乐派

19世纪中叶以后欧洲出现的音乐流派。民族乐派的音乐家往往具有强烈的民族意识，同情或参加本国的资产阶级革命。经常采用本国的民间音乐素材去表现爱国主义的英雄主题。代表人物有斯美塔那、德沃夏克、西贝纽斯、格林卡、鲍罗丁、穆索尔斯基和柴可夫斯基等。

斯美塔那

捷克作曲家、钢琴家和指挥家。捷克民族歌剧的先驱，被誉为“新捷克音乐之父”。他在创作上汲取乡土气息的素材，表现捷克民族的生活和命运。代表作《我的祖国》等。

德沃夏克

捷克作曲家，捷克民族乐派的代表人物。他在创作中始终把民族性放在首位，努力将民族性、抒情性和欧洲古典音乐传统紧密结合起来。代表作《第八交响曲》《第九交响曲》《斯拉夫舞曲》和歌剧《水仙女》等。

帕格尼尼

意大利小提琴演奏家、作曲家，被称为“小提琴上的魔鬼”。他将小提琴的演奏技巧发展到了空前的境界，深刻影响了后世小提琴和钢琴的演奏和创作。代表作《二十四首随想曲》《女巫之舞》《无穷动》等。

小约翰·施特劳斯

奥地利作曲家、指挥家、小提琴家，被誉为“圆舞曲之王”。他的作品旋律优美、充满生机，反映了奥地利人民对生活的热爱。代表作《蓝色多瑙河》《维也纳森林的故事》《春之声圆舞曲》等。

老约翰·施特劳斯

奥地利作曲家，被誉为“圆舞曲之父”。与儿子小约翰·施特劳斯都以创作圆舞曲而闻名于世。代表作《拉德茨基进行曲》《小鸽子圆舞曲》和《维也纳嘉年华》等。

比才

法国作曲家，代表了19世纪法国歌剧创作的最高成就。他的作品常取材于平民生活，在继承了法国喜剧歌剧的传统之上，大胆采用现实主义的表现手法，创造出惊人的戏剧表现力。世界歌剧史上的不朽经典《卡门》就是他的代表作。

歌剧《卡门》

法国作曲家比才根据同名小说改编而来的歌剧，是世界上最负盛名的歌剧作品之一。通过表现吉卜赛舞女卡门的情欲纠葛，对人性和社会进行了深刻剖析。《卡门》对法国歌剧产生了深远影响，并直接促进了19世纪末真实主义歌剧的兴起。

柴可夫斯基

俄罗斯作曲家，浪漫主义音乐时期的杰出代表。他的音乐充满炽热的抒情性、强烈的民族性和深刻的悲剧性，反映了19世纪俄罗斯人民的精神世界。代表作《悲怆交响曲》《如歌的行板》，舞剧《天鹅湖》《睡美人》《胡桃夹子》等。

《国际歌》

诞生于巴黎公社运动的一首著名革命歌曲。由欧仁·鲍狄埃作词，皮埃尔·狄盖特谱曲。歌曲热情讴歌了无产阶级大无畏的斗争精神，被苏联先后选为国歌、党歌，由瞿秋白翻译介绍到中国。

《马赛曲》

法国大革命期间产生的战斗歌曲，原名《莱茵军战歌》，作者是鲁热·德·利尔。曲调激昂奋进，鼓舞人民为争取自由而奋斗。《马赛曲》深受法国人民的喜爱，被选为法国国歌。

爵士乐

19世纪末20世纪初源于美国的音乐类型。爵士乐是黑人文化和白人文化的结合，具有很强的即兴风格，注重个人情绪的抒发。主要类型有新奥尔良爵士、摇滚爵士、拉丁爵士等。

摇滚乐

出现于20世纪50年代中期的音乐类型,曲调自由奔放、节奏简洁有力。主要风格有:民谣摇滚、艺术摇滚、迷幻摇滚、乡村摇滚、重金属、朋克等。代表人物有:埃尔维斯·普雷斯利(即“猫王”)、披头士乐队、滚石乐队等。

乡村音乐

20世纪20年代兴起于美国南部的音乐类型,乡村音乐往往节奏平缓、曲调简练,带有较强的叙事性和浓郁的乡村气息。代表人物有约翰尼·卡什、约翰·丹佛等。

猫王

本名埃尔维斯·普雷斯利,美国摇滚歌手、演员,被誉为“摇滚乐之王”。他引领了一场流行音乐行为观念的革新,以独具特色的音乐风格将摇滚乐从边缘化带入主流,并影响启发了包括“披头士”乐队在内的后世摇滚乐手。

披头士乐队

即甲壳虫乐队,是1960年成立于英国利物浦的摇滚乐队,成员有约翰·列侬、保罗·麦卡特尼、乔治·哈里森和林戈·斯塔尔四人。被誉为摇滚乐历史上“最伟大的乐队”。代表作《Yesterday(昨天)》、《Hey Jude(嗨,朱迪)》、《Let It Be(顺其自然)》等。

韦伯

英国作曲家。他的创作成就主要体现在音乐剧和电影配乐方面。曾获得奥斯卡最佳原创歌曲、金球奖最佳原创歌曲以及格莱美奖等多项全球音乐大奖。代表作《艾薇塔》《猫》《剧院魅影》《日落大道》等。

迈克尔·杰克逊

美国歌手、舞蹈家,被誉为“流行音乐之王”,他的音乐曲风完美地融合了黑人蓝调与白人摇滚,形成独特的MJ乐风,独创的太空舞步更是风靡全球。代表作有《Billie Jean(比利·金》《We Are the World(天下一家)》《You Are Not Alone(你并不孤单)》《Dangerous(危险)》等。

理查德·克莱德曼

法国钢琴演奏家。他的演奏细腻优雅,并致力于古典乐曲的通俗化,为中国钢琴欣赏的普及工作做出了巨大的贡献。代表作《致爱丽丝》《梦中的婚礼》《秋日私语》《罗密欧与朱丽叶》等。

汉斯·季默

德国作曲家，电影配乐大师。他的作品震撼人心，开拓性地将电子乐和交响乐结合，深刻地影响了好莱坞电影音乐的发展。代表作有《加勒比海盗》《狮子王》《盗梦空间》《角斗士》《蝙蝠侠》等著名影片的配乐。

久石让

日本作曲家，电影配乐大师。他的作品旋律优美清新，想象力惊人。曾与日本著名动画家宫崎骏组成黄金搭档，为他的《千与千寻》《天空之城》《幽灵公主》《风之谷》等动画作品配乐。此外还为《花火》《坏孩子的天空》《菊次郎的夏天》《入殓师》《太阳照常升起》等知名电影谱曲。

数字集锦

【八】

金陵八家：龚贤、樊圻、吴宏、邹喆、谢荪、叶欣、高岑、胡慥

扬州八怪：金农、郑燮、黄慎、李鱓、李方膺、汪士慎、罗聘、高翔

唐宋八大家：唐代的韩愈、柳宗元，宋代的欧阳修、苏洵、苏轼、苏辙、王安石、曾巩

八个革命样板：现代京剧《红灯记》《沙家浜》《智取威虎山》《奇袭白虎团》《海港》、芭蕾舞剧《白毛女》《红色娘子军》、交响音乐《沙家浜》

中华八大菜系：

鲁菜（山东）、川菜（四川）、粤菜（广东）、苏菜（淮、扬）、浙菜（浙江）、闽菜（福建）、湘菜（湖南）、徽菜（安徽）

拓展与回顾

1. 进入新世纪以来，以胡锦涛总书记为核心的新一代领导集体提出宣传文化工作的“三贴近”原则，即要**贴近群众**、**贴近实际**、**贴近生活**。

2. 汉乐府诗中，**《孔雀东南飞》**是我国最杰出的长篇叙事诗。

3. 我国古代田园诗歌的开创者是东晋诗人**陶渊明**，他的诗歌代表作《归园田居》，

散文代表作《桃花源记》。

4.《滕王阁序》的作者是“初唐四杰”之一的**王勃**，《幽州台歌》的作者**陈子昂**是初唐诗人。

5. 宋代词人中，以苏轼、辛弃疾为代表的被称为**豪放派**，而柳永、李清照为代表的被称为**婉约派**。

6.《红楼梦》前八十回作者是曹雪芹，全书通过对**贾、史、王、薛**四大家族的描写，揭示了封建制度必然衰亡的规律。

7. 中国文学史上有两次古文运动，第一次是由唐代**韩愈、柳宗元**领导的，第二次是由宋代**欧阳修**领导的。

8. **《倪焕之》**是我国现代文学史上最早的长篇小说之一，作者是**叶圣陶**。

9. 老舍的代表作是长篇小说**《骆驼祥子》**，写旧北京一个人力车夫的悲惨遭遇，另一部**《四世同堂》**，写北京一个家庭在抗战前后的命运。

10.“第五代导演”指80年代毕业于北京电影学院的一批青年导演，如《黄土地》《大阅兵》《孩子王》的导演**陈凯歌**，《红高粱》《菊豆》《一个都不能少》的导演**张艺谋**。

11. 从事各种文字写作工作，负责编写剧本、文案的人叫**编剧**；从事节目的后期制作，负责修改稿件，确定镜头的人叫**编辑**。

12. 如果说镜头相当于人的眼睛，那么相当于瞳孔的就是**光圈**。它的作用一是控制**进光量**，二是调整景深。

13. 关于新闻的定义：中国新闻界一般采用延安整风时任中共中央宣传部长**陆定一**的提法，即新闻是**新近发生的事实的报道**。

14. 19 世纪初，建立法兰西第一帝国、称霸欧洲的是**拿破仑**，19 世纪 60 年代，在美国南北战争时任总统的是**林肯**。

15. **青藏铁路**是世界上最高最长的高原铁路，它于 2006 年 7 月 1 日通车。它要穿越的**可可西里**地区是世界上最大的藏羚羊保护区。

16. 山西大同的**云冈石窟**、河南洛阳的**龙门石窟**和甘肃敦煌的**莫高窟**，号称中国古代的三大石窟。

17. 达·芬奇是意大利文艺复兴时期的伟大画家，他的代表作是名画**《蒙娜丽莎》**和**《最后的晚餐》**。

18. 唐代两位草书大师合成“颠张醉素”，其中“颠张”指草书奠基人**张旭**，“醉素”指著名僧人**怀素**。

19.《好兵帅克》的作者是捷克作家**哈谢克**，《绞刑架下的报告》的作者是捷克作家**伏契克**。

20. 《一千零一夜》是古代阿拉伯的民间故事集，它的另一译名是《天方夜谭》。

21. 清康熙年间的剧作家洪昇创作了名剧《长生殿》，写唐明皇和杨贵妃的爱情故事。它与孔尚任合称为南洪北孔。

22. 流传于湖南的主要戏曲剧种，有湘剧和花鼓戏。

23. 《辛德勒名单》、《E.T.》和《拯救大兵瑞恩》等影片都是美国著名导演斯皮尔伯格的代表作品。

24. 长篇小说《红旗谱》主人公是朱老忠；长篇小说《红岩》主人公有许云峰、江姐。

25. 琼瑶是台湾著名的女作家，她的成名作是长篇小说《窗外》。

26. 古印度有杰出的诗人、戏剧家迦梨陀娑，写有剧本《沙恭达罗》；现代印度有文学大师泰戈尔和普拉姆昌德。

27. 十二木卡姆是维吾尔族大型套曲集，刘三姐是广西壮族女歌手，被誉为“歌仙”。

28. 诞生于巴黎公社起义失败后的《国际歌》被誉为世界无产阶级革命的战歌；诞生于法国大革命时期的《莱茵军战歌》后改称《马赛曲》，被定为法国国歌。

29. 中国古代有两位女舞蹈家合称“燕瘦环肥”，“燕瘦”指的是西汉的赵飞燕，“环肥”指的是唐代的杨玉环。

30. 中央电视台有个专门介绍曲艺杂技的栏目叫《曲苑杂坛》。

31. 吴昌硕是晚清著名的书法家、篆刻艺术家，他在杭州西湖创办的西泠印社是我国最著名的书法篆刻机构。

32. 元杂剧一般分为四折，“折”相当于后来的幕。

33. “文革”结束后，最早反映“文革”灾难和心灵创伤的一批小说被称为伤痕文学，如刘心武的《班主任》。

34. 我国现代文学史上茅盾和洪深都创作出了“三部曲”：一个是茅盾的三个短篇小说《春蚕》《秋收》《残冬》；另一个是洪深的话剧《五奎桥》《香稻米》《青龙潭》。

35. 中国现代舞蹈的奠基人中有两位大师被称作“男吴女戴”，其中“男吴”指吴晓邦，“女戴”指戴爱莲。

36. 赵丹是我国著名影星，主演过《十字街头》《武训传》《林则徐》等。他的女儿赵青是著名的舞蹈家，主演过民族舞剧《宝莲灯》。

37. 唐明皇与杨玉环之间的爱情故事多次出现在文艺作品中，如唐代白居易的长诗《长恨歌》，清代洪昇的戏剧《长生殿》。

38. 古月是著名特型演员，以饰演毛泽东而著称；著名特型演员王铁成以扮演周恩来而蜚声影坛；史楚金是苏联著名男影星，以饰演革命导师列宁而闻名。

39. 在拍摄时，镜头的位置、角度、景别都不变的叫固定镜头，而改变其中一项或几项的叫**运动**镜头。

40. 按照党章和宪法的规定推算，中国共产党第十九次全国代表大会将于 **2017** 年下半年召开。

41. 亚洲的**澜沧江－湄公河**流经 6 个国家，欧洲的**多瑙河**流经 9 个国家，它们都是著名的跨国河流。

42. **齐白石**是湖南湘潭人，曾获得国际和平奖，最擅长画虾。他后来与定居台湾的**张大千**并称，是中国两位伟大的国画艺术大师。

43. 常见的记谱法有两种，一是用阿拉伯数字代表七声的简谱，二是**五线谱**，也叫正谱。此外中国还有用汉字记谱的**工尺谱**。

44. 歌德是德国 18、19 世纪时伟大的文学家、思想家，代表作是长篇诗剧**《浮士德》**，他的书信体小说**《少年维特之烦恼》**。

45. 席勒是 18 世纪末德国伟大的诗人和剧作家，他与歌德是德国**狂飙突进**运动的旗手，其代表作是悲剧**《阴谋与爱情》**。

46. **福楼拜**是法国 19 世纪后期杰出的作家，《包法利夫人》的作者。罗曼・罗兰是法国作家，代表作**《约翰・克利斯朵夫》**。

47. 列夫·托尔斯泰的代表作，除了《复活》之外，还有史诗巨著**《战争与和平》**和**《安娜・卡列尼娜》**。

48. 俄国文学史上有两位奥斯特洛夫斯基。一位是 19 世纪的戏剧家，代表剧作是**《大雷雨》**；另一位是 20 世纪的无产阶级革命作家，其代表作**《钢铁是怎样炼成的》**。

第七章

曲艺常识

CHAPTER

07

一、传统曲艺类别

曲艺

曲艺是全国各地各种“说唱艺术”的统称，它是由民间口头文学和歌唱艺术经过长期发展演变形成的一种独特的艺术形式。主要代表：相声、评书、独角戏、京韵大鼓、天津快板、东北二人转、山东快书、苏州评弹、凤阳花鼓等。

相声

一种民间说唱曲艺，以对话的形式传达喜剧的内容，常用讽刺手法表达社会问题。相声主要采用口头方式表演，其形式有单口、对口、群口之分，著名相声表演大师有侯宝林、马三立、常宝堃、苏文茂、刘宝瑞等人。

评书

又称说书、讲书，是一种古老的传统口头讲说表演艺术形式，以站立说演，服装也较不固定。评书的节目以长篇大书为主，所说演的内容多为历史朝代更迭及英雄征战和侠义故事。代表人物单田芳、田连元、刘兰芳等。

数来宝

传统曲艺形式的一种，流行于中国北方地区。其形式为用竹板或系以铜铃的牛髀骨打拍，一人或两人说唱。最初表演形式为艺人沿街即兴说唱，后来逐渐演变为快板书，与数来宝同时流行。

快板书

由数来宝演变而来，丰富了数来宝原有的句式和板式，融合了相声、评书的艺术手段，其演出形式为单口或对口，也有一些地区用方言演说快板书，如天津快板。

天津快板

北方曲艺形式，句式灵活，要求上下对仗，尾字押韵，风格明快幽默，天津快板以天津方言为语言形式，有着浓厚的生活气息和地方风味。

京韵大鼓

主要流行于华北地区，是中国北方说唱音乐中艺术成就较高的曲种，京韵大鼓具有半说半唱的特色，唱词在演唱中也占重要的位置，其特点为唱中有说、说中有唱。

苏州评弹

苏州评话和苏州弹词的总称，是采用吴语方言讲说表演的曲艺形式。它产生并流行于苏州及江、浙、沪一带。评话通常一人开讲，弹词一般两人说唱，2006 年苏州评弹被列为第一批国家非物质文化遗产名录。

二人转

流行于东北地区的传统曲艺形式，主要来源于东北大秧歌和河北的莲花落，是北方地区汉族民间的一种说唱艺术，演出形式多为一男一女且唱且舞，表演风格诙谐幽默，曲调旋律朗朗上口。

山东快书

传统北方曲艺形式，起源于山东鲁西南一带。山东快书以说唱为主，语言节奏性强，以左手击打的两块铜板（或竹板）作为伴奏乐器 。2006 年山东快书被列入第一批国家级非物质文化遗产名录。

凤阳花鼓

又称“花鼓”“打花鼓”，是集曲艺和歌舞为一体的民间表演艺术，凤阳花鼓与花鼓灯、花鼓戏并称“凤阳三花”，其表演形式为由一人或二人自击小鼓和小锣伴奏，边舞边歌。

太平歌词

太平歌词是一种从属于相声的曲艺形式，约形成于清代初叶，从北京的民间小曲演变而来，在京、津、冀广为流传。太平歌词是相声四门功课“说、学、逗、唱”中“唱”的重要组成，也是相声艺人招揽观众的主要手段之一。

双簧

传统曲艺的一种，一人表演动作，一人藏在身后说或唱，两人互相配合。双簧的演出一般要有桌椅，除其他醒木、折扇道具外，还要对演员进行装扮，以达到喜剧效果。

口技

口技是民间杂技的一种，是一种仿声表演。表演者用各种发声技巧模仿声音，能使听的人产生一种身临其境的感觉，表演者多隐身在布幔或屏风后边，俗称“隔壁戏”。

独脚戏

上海富有地方特色的代表曲艺形式，具有强烈的喜剧色彩和娱乐性，其表演技巧讲究说、学、做、唱。说即讲故事，学即学说方言，做指表演，唱为学唱戏曲。也通常会运用语言上的夸张、误会、巧合制造笑料，烘托喜剧效果。

二、传统曲艺名家

单田芳

评书表演艺术家，嗓音独特鲜明，语言生动准确，已成为中国传统曲艺的文化符号，代表作《封神演义》《白眉大侠》等。

田连元

评书表演艺术家，语言表现技巧丰富，增强了视觉效果，表演风格风趣幽默，代表作《杨家将》《隋唐演义》。

刘兰芳

评书表演艺术家，声音高亢洪亮，语言铿锵有力，代表作《岳飞传》《红楼梦》等。

骆玉笙

京韵大鼓表演艺术家，“骆派”京韵创始人，其演奏特点字正腔圆、韵味醇厚，有“金嗓鼓王”之誉，代表作《剑阁闻铃》《丑末寅初》及电视连续剧《四世同堂》、主题歌《重整河山待后生》。

高元钧

山东快书表演艺术家，山东快书“高派”艺术的创始人。其表演风格憨中见巧、刚柔相济、张弛有致、举重若轻。代表作《武松打虎》《武松赶会》《鲁达除霸》等。

朱绍文

相声界的祖师爷，艺名“穷不怕”，对口相声、三人相声和太平歌词相传为他所创，其编演的相声有《字相》《老倭瓜斗法》等，对北方曲艺和相声的发展作出重要的贡献。

侯宝林

被尊为相声界具有开创性的一代宗师，并被誉为语言大师，使相声这门艺术达到令人瞩目的艺术高度，代表作品《关公战秦琼》《夜行记》《武松打虎》。

马三立

著名相声表演大师，擅演“贯口”和文哏段子。开创了独具特色的“马氏相声”，代表作《十点钟开始》《买猴》《逗你玩儿》。

刘宝瑞

相声表演艺术家，以单口相声见长，被誉为“单口大王”，代表作《珍珠翡翠白玉汤》《山东斗法》等。

马季

著名相声表演艺术家，继承发展了侯派相声风格，是新相声的代表人物，代表作《宇宙牌香烟》《五官争功》《打电话》。

姜昆

相声表演艺术家，中国曲艺家协会主席，代表作《如此照相》《特大新闻》《虎口遐想》等。

郭德纲

当代相声表演艺术家，吸收借鉴传统相声表演精华，自觉地运用到了创作中，并与时代高度契合，让人耳目一新。代表作《我这一辈子》《我的小伙伴》《公主驾到》《败家子》等。

数字集锦

【十】

世界十大名著：俄国列夫·托尔斯泰《战争与和平》《安娜·卡列尼娜》、法国雨果《巴黎圣母院》、苏联高尔基《童年》、英国艾米莉·勃朗特《呼啸山庄》、英国狄更斯《大卫·科波菲尔》、法国司汤达《红与黑》、法国雨果《悲惨世界》、法国罗曼·罗兰《约翰·克利斯朵夫》、美国玛格丽特·米切尔《飘》

世界十大文豪：荷马、但丁、歌德、拜伦、莎士比亚、雨果、泰戈尔、列夫·托尔斯泰、高尔基、鲁迅

中国古典十大喜剧：元朝关汉卿《救风尘》、元朝王实甫《西厢记》、元朝郑延玉《看钱奴》、明朝康海《中山狼》、元朝白朴《墙头马上》、元朝康进云《李逵负荆》、元朝施君美《幽闺记》、明朝吴炳《绿牡丹》、明朝高濂《玉簪记》、清朝李渔《风筝误》

中国古典十大悲剧：元朝关汉卿《窦娥冤》、元朝纪君祥《赵氏孤儿》、元朝马致远《汉宫秋》、明朝冯梦龙《精忠旗》、明朝高则诚《琵琶记》、明朝孟称舜《娇红记》、清朝李玉《清忠谱》、清朝孔尚任《桃花扇》、清朝洪昇《长生殿》、清朝方成培《雷峰塔》

我国古代十大音乐家：俞伯牙、师旷、李延年、嵇康、苏祇婆、万宝常、李隆基、李龟年、姜夔、朱载堉

中国古代十大名曲：《高山流水》《阳春白雪》《十面埋伏》《胡笳十八拍》《广陵散》《夕阳箫鼓》《平沙落雁》《汉宫秋月》《梅花三弄》《渔樵问答》

中国十大传世名画：东晋顾恺之《洛神赋图》、唐代阎立本《步辇图》、唐代张萱、周昉《唐宫仕女图》、唐代韩滉《五牛图》、五代顾闳中《韩熙载夜宴图》、北宋王希孟《千里江山图》、北宋张择端《清明上河图》、元代黄公望《富春山居图》、明代仇英《汉宫春晓图》、清代郎世宁《百骏图》

中国书法十大名帖：晋朝：《三希宝帖》(王羲之《快雪时晴帖》、王献之《中秋帖》、王珣《伯远帖》)、王羲之《兰亭序》

唐朝：欧阳询《仲尼梦奠帖》、颜真卿《祭侄文稿》、怀素《自叙帖》

宋朝：苏轼《黄州寒食帖》、米芾《蜀素帖》、徽宗赵佶《草书千字文》

元朝：赵孟頫《前后赤壁赋》

明朝：祝允明《草书诗帖》

中华十大名山：山东泰山、安徽黄山、四川峨眉山、江西庐山、西藏珠穆朗玛峰、

吉林长白山、陕西华山、福建武夷山、台湾玉山、山西五台山

好莱坞十大导演：史蒂文·斯皮尔伯格、詹姆斯·卡梅隆、昆汀·塔伦蒂诺、弗朗西斯·科波拉、克林特·伊斯特伍德、奥利弗·斯通、乔治·卢卡斯、克里斯托弗·诺兰、彼得·杰克逊、马丁·斯科塞斯

拓展与回顾

1. 普利策奖也称为**普利策新闻奖**，是美国**新闻界**最高荣誉奖，**约翰·肯尼迪**是唯一获得这个奖项的美国总统。为奖励中国的优秀新闻作品和新闻工作者，分别设立了**中国新闻奖**和**长江韬奋奖**，以纪念两位杰出的新闻工作者：**范长江**和**邹韬奋**。

2. 中央电视台每两年举办一届**全国青年歌手电视大奖赛**，刘和刚、王宏伟等众多歌唱家都成名于青歌赛。

3. “建安文学”的代表人物是**曹操**，代表诗作有《龟虽寿》《观沧海》。他的儿子**曹丕**是魏的开国皇帝，他的**《典论·论文》**是我国文学史上第一篇文学理论论文。**曹植**是曹操的另一个儿子，有**“七步成诗”**的典故。

4. **苏轼**是北宋杰出的文学家，其代表作有**《水调歌头·明月几时有》**和**《念奴娇·赤壁怀古》**，代表诗作有**《题西林壁》**和**《饮湖上初晴后雨》**等。

5. 毛宗岗在评定《三国演义》时称有“三绝”，即诸葛亮的**“智绝”**、关羽的**“义绝”**和曹操的**“奸绝”**。

6. “古文运动”以恢复**先秦**（填朝代）散文传统为号召，故名“古文”，实为反对**魏晋南北朝（六朝）**时期泛滥的形式主义和浮靡文风。

7. **周作人**的《小河》是寓言诗，对现代诗歌形式改革影响很大，**胡适**的《尝试集》是我国现代第一部白话文诗集。

8. “第四代导演”指“文革”结束后的一批中青年导演，其中有《黑骏马》《香魂女》的导演**谢飞**，《没有航标的河流》《人生》《老井》的导演**吴天明**。

9. **制片人**是摄制组的行政领导和最高负责人，**导演**是摄制组的业务领导，负责把剧本变为节目，是拍摄制作现场的指挥员。

10. 在电视现场直播时，负责从多台摄像机送来的不同节目中选取最适当的镜头切换播出的工种叫**导播**。

11. 影调指照片明暗的基调，高调摄影指整个画面光线强，以**白**色为基调；**低调**摄影指整个画面光线暗，以黑色为基调。

12. 受西班牙女王的委派，1492 年，意大利人**哥伦布**率船队西行发现美洲大陆，1519–1522 年，葡萄牙人**麦哲伦**率船队首次航行地球一周。

13. 有一个海在亚洲、欧洲和非洲之间，它是**地中海**。有三个国家邻着太平洋、大西洋和北冰洋，它们是俄罗斯、加拿大和**美国**。

14. 长沙**马王堆**汉墓出土的帛画和敦煌壁画中的**飞天**形象，是我国古代绘画中的**浪漫主义**画作。

15. 画家华君武、方成、钟灵、张乐平等擅长**漫画**，而古元、彦涵、李桦、黄新波等擅长**版画**。

16. 罗丹是法国 19 世纪后期杰出的雕塑家，代表作有**《思想者》**和《巴尔扎克》等，马蒂斯是法国 20 世纪画家，创立了**野兽画派**。

17. 楷书相传为三国时期**钟繇**创制。它规范整齐，堪称楷模，是各种书法的基础。南北朝时，楷书出现了一个变种，就是北魏的**魏碑体**，它常用作标题和招牌。

18. 音乐语言，指音乐所特有的表现手段。最重要的是**旋律**，即声音按照高低、长短、强弱组成的音的线条；二是**节奏**，指各个音在进行时的长短和强弱关系。

19. **海涅**是德国 19 世纪伟大的民主主义诗人，代表作是长篇政治抒情诗**《德国，一个冬天的童话》**。

20. 19 世纪，英国文坛有两位伟大的浪漫主义诗人，一位是《唐璜》的作者**拜伦**，另一位是《解放了的普罗米修斯》的作者**雪莱**。

21. 长篇小说《父与子》《猎人笔记》的作者是**屠格涅夫**，他被列宁称为“卓越的俄罗斯作家”。并与**列夫·托尔斯泰**、陀思妥耶夫斯基一起，被称为“俄国文学的三巨头”。

22. 汤显祖是明朝杰出的戏剧家，他的代表剧作**《牡丹亭》**。

23. 流传于广东的主要戏曲剧种，有粤剧和**潮剧**。

24. 爱森斯坦是苏联早期电影大师，他导演的**《战舰波将金号》**成为世界经典名片，其中**敖德萨阶梯**已成为世界电影剪辑经典桥段。

25. 《春江花月夜》是我国古代十大名曲之一，同一标题的还有唐代**张若虚**写的一首诗，还有现代舞蹈家**陈爱莲**编导演出的民族舞，她凭借此舞在国际上获奖。

26. **李小龙**、成龙和**李连杰**都是享誉世界的中国功夫片明星。

27. 法国作家**拉伯雷**和西班牙作家**塞万提斯**都是欧洲文艺复兴时期的代表人物。

28. 中国第一部长篇小说是元末明初的**《三国演义》**，作者是**罗贯中**。

29. 《城南旧事》原为台湾女作家**林海音**的小说，“第四代导演”**吴贻弓**将其拍摄成电影。

30. 《红高粱》是**莫言**的系列小说，后由**张艺谋**拍成电影，由姜文、巩俐主演。

31. 唐代是我国古代绘画的繁荣期，其中有擅长画人物的**阎立本**，代有作《帝王图》

《步辇图》。

32. 京剧演唱的主要腔调是**西皮**和二黄，主要伴奏乐器是**京胡**。

33. 荷马是古希腊的一位盲人诗人，他创作的巨型长诗被称为**《荷马史诗》**，包括**《伊利亚特》**和《奥德赛》。

34. “西班牙民族戏剧之父”是文艺复兴时期西班牙的**维加**，他的代表剧作**《羊泉镇》**。

35. 唐宋时期的“古文运动”是指恢复**先秦**时期散文的优良传统。欧洲的“文艺复兴”打着复兴**古希腊、古罗马**文化的旗号，反对封建文化。

36. 小提琴协奏曲**《梁祝》**和钢琴协奏曲**《黄河》**都是我国著名的协奏曲。

37. **阿兰·德龙**是法国著名男影星，以饰演侠客**佐罗**而闻名。

38. 清代的孔尚任是孔子后裔，他的剧作**《桃花扇》**塑造了**李香君**的人物形象。

39. 俄国文学史上有两位奥斯特洛夫斯基。一位是 19 世纪的戏剧家，代表剧作是**《大雷雨》**；另一位是 20 世纪的无产阶级革命作家，其代表作**《钢铁是怎样炼成的》**。

40. 小说《福尔摩斯探案》的作者是**柯南道尔**，《尼罗河上的惨案》是女作家**克里斯蒂**的代表作，两位都属于英国推理小说作家。

41. 清初戏剧家李玉，他的剧作**《清忠谱》**歌颂了明末苏州民众反抗宦官的斗争。

42. **夏衍**是中国现代革命文艺的主要领导人，其创作也很多，主要有话剧**《上海屋檐下》**、《法西斯细菌》，电影《狂流》《祝福》，报告文学**《包身工》**等。

43. 世界上第一部有声电影是 1927 年拍摄的**《爵士歌王》**。世界上第一部彩色故事片是 1935 年美国拍摄的**《浮华世界》**。

44. **魏巍**的报告文学《谁是最可爱的人》歌颂了**抗美援朝**战争中的志愿军战士。

45. 《啼笑因缘》《金粉世家》《八十一梦》的作者是**张恨水**。

46. 《台北人》《玉卿嫂》的作者**白先勇**和有《北京法源寺》的作者**李敖**都是台湾著名的作家。

第八章

舞蹈常识

CHAPTER 08

一、舞蹈基础常识

舞蹈

舞蹈是一种使用身体来完成各种动作的表演艺术，一般借助于音乐伴奏或道具使用，以有节奏的舞蹈动作来展现肢体美感与韵律。

舞蹈动作

舞蹈动作是经过提炼、重组和艺术化的人体动作，是舞蹈作品最基本的艺术手段，是构成舞蹈的基本单位。

独舞

舞蹈样式之一，也叫单人舞，一个人进行的舞蹈表演。独舞擅长表现特定舞蹈形象，也容易发挥舞蹈者独特的舞蹈技艺，形成独特舞蹈风格。

双人舞

舞蹈样式之一，由两个人完成的舞蹈表演，善于抒发舞者之间的情感，表现舞者之间的关系。

三人舞

舞蹈样式之一，由三个人完成的舞蹈表演，是舞剧中塑造主要人物或推动情节发展的手段，需要演员具有较高的舞蹈功底和合作意识。

群舞

舞蹈样式之一，由三人以上演员完成的舞蹈表演，群舞目的在于创造情景，烘托气氛、渲染氛围，群舞中间也会穿插独舞、双人舞或三人舞等舞蹈样式。

歌舞

运用音乐、戏剧、舞蹈等艺术形式，综合“歌”与“舞”等艺术元素的舞蹈手法。

歌舞既可以叙事也可抒情，艺术表现力较强，汉族的花灯、二人转，藏族的弦子舞，蒙古族的安代舞等均属歌舞一类。

舞剧

舞台剧的一种，是以舞蹈作为主要表达手段的舞台艺术。是一种结合舞蹈、戏剧、音乐等艺术门类的表演形式，代表作《木兰飘香》《阿诗玛》等。

古典舞

专指各民族中长期流传至今的具有典范意义的优秀舞蹈作品，是历代舞人不断提炼加工形成的，流传下来的被认为是具有一定典范意义的和古典风格特点的舞蹈，其风格独特鲜明、表现手法完整，具有自成体系的美学原则，代表舞曲《扇舞丹青》。

芭蕾舞

“芭蕾”取自法语音译，指流行于欧美的一种古典舞蹈、舞剧形式，并综合音乐、戏剧、哑剧、舞台美术等形式的舞蹈艺术品种。芭蕾孕育于意大利，形成于法国，流派有：浪漫芭蕾、现代芭蕾、中国芭蕾。

现代舞

一种与古典芭蕾相对立的舞蹈派别，其主要美学观点是反对古典芭蕾的因循守旧、脱离现实生活和单纯追求技巧的形式主义倾向，主张摆脱古典芭蕾舞过于僵化的动作程式的束缚，以合乎自然运动法则的舞蹈动作，自由地抒发人的真实情感，强调舞蹈艺术要反映现代社会生活。

当代舞

当代舞主要指广泛吸收而又不拘一格地运用中国传统舞蹈素材和外来艺术素材进行的创作和表演。该舞种的作品追求鲜明的艺术形象和丰富的民族审美情趣，反映中国当代火热的社会生活和时代性的精神风貌。

民间舞

民间舞是指具有鲜明的民族风格和地方特色的传统舞蹈形式，一般又可分为汉族民间舞和少数民族民间舞两类。民间舞产生并流传于民间，具有朴实无华、形式多样等特点。

秧歌

汉族民间舞蹈，是一种自娱性的表演形式。起源于插秧、耕田等劳动生活，表演形式为集体表演或双人对舞，也有三人或单人形式。

舞龙灯

汉族传统舞蹈，舞龙灯时巨球前后左右四周摇摆，龙首作抢球状引起龙身游走飞动，气势十分壮观。

长鼓舞

朝鲜族民间舞蹈，舞者肩挎杖鼓，右手持细竹条，双手击鼓。表演者动作轻盈、柔美、跳跃性强。

腰鼓舞

汉族民间舞蹈，起源于古代的战鼓，流行于陕北一带，俗称“打腰鼓”。腰鼓舞属集体舞蹈，舞者身穿彩服，腰挂小鼓，边打边舞，节奏强烈，舞步多变，用于欢庆、热烈的场面。

热巴舞

藏族传统舞蹈，由藏族“热巴”艺人表演的一种舞蹈形式。热巴是一种由卖艺为生的流浪艺人班子（一般以家庭为基本单位组成）表演的，以铃鼓为主，融说唱、谐（歌舞）、杂技、气功、热巴剧于一体的综合性艺术，2006年热巴舞被列入第一批国家级非物质文化遗产名录。

孔雀舞

傣族传统舞蹈，具有优美婉转、轻盈舒展的特点。以《雀之灵》《雀之恋》为代表，如今的“孔雀舞”，吸纳了传统孔雀舞特色。与传统孔雀舞在服装、表演方式上差别较大。

国标舞

国际标准舞的简称，来源于各国的民间舞蹈。国标舞虽和交谊舞相似，但对舞姿、舞步要求非常严格，一般是两个人一起跳，舞中姿势都已经标准化和分类，国际上有统一的用语，术语用英语口令。

拉丁舞

拉丁舞就是指体育舞蹈，分为恰恰、桑巴、伦巴、牛仔、斗牛五支舞，拉丁舞是体育竞技舞蹈，爆发力极强的风格技巧是它的特点，有很大的竞技体育舞蹈发挥空间，现在已经入亚运会正式比赛项目，拉丁舞 2014 年 11 月 12 日正式申请进入奥运会，现正在审批阶段。

伦巴舞

拉丁舞项目之一，也称“古巴伦巴”，其特点为步法浪漫、舞姿柔媚、性感热情，是男女表达爱慕之情的一种舞蹈形式。

恰恰舞

最受欢迎的拉丁舞蹈之一，伴奏舞曲及舞步速度轻快，具有活泼热烈、轻松俏皮的风格特点。

桑巴舞

桑巴是巴西最具代表性的国家象征之一，桑巴是音乐加舞蹈的混合体，音乐主要是由弦乐、打击乐和歌手来共同完成，而舞者则负责舞蹈的部分。

斗牛舞

源于法国，盛于西班牙，模仿西班牙斗牛士动作的一种舞蹈。男伴气宇轩昂、勇往直前，女伴红色披肩、舞姿迷人，斗牛舞是从斗牛运动演变而来的，表现出对勇敢者的崇拜。

牛仔舞

拉丁舞项目之一，原是美国西部牛仔跳的一种踢踏舞，其特点是舞步敏捷跳跃，舞姿热情欢快，风格上还保持美国西部牛仔浪漫豪爽的气派。

摩登舞

体育舞蹈比赛中的一个项目群，参加比赛的运动员男士要着燕尾服摩登舞西装，打领结，女士要着长裙，梳宴会正式发型。摩登舞分类中有华尔兹舞、探戈舞、狐步舞、快步舞和维也纳华尔兹舞五个舞种。

华尔兹

又称圆舞，奥地利的民间舞蹈，华尔兹根据速度分化为快慢两种之后，人们把快华尔兹称为维也纳华尔兹，而不冠以“维也纳”三字的即慢华尔兹，它是由维也纳华尔兹演变而来的。

狐步舞

起源于美国黑人舞蹈，称其为“福克斯”舞。其特点是舞步平稳、动作流畅，使其舞蹈特性更加文雅，

探戈舞

探戈是一种双人舞蹈，探戈是摩登舞中唯一带有拉丁特色的舞蹈，探戈舞步华丽高雅、热烈狂放且变化无穷，阿根廷有“探戈王国”之称。

迪斯科

起源于法国，一种流行舞蹈样式，音乐较为简单且具有强烈动感。20 世纪 60 年代中期，迪斯科传入美国，并于 70 年代中期以后风靡世界。

街舞

起源于美国，嘻哈文化的重要组成部分，多是由走、跑、跳动作组合而成，并通过肢体的屈伸、摆动、绕环等连贯组合而成的，20 世纪 80 年代传入中国，并逐渐作为健身活动传播开来。

爵士舞

美国现代舞，是一种急促又富动感的节奏型舞蹈，最初是非洲舞蹈的延伸，逐渐在美国形成本土化、大众化的舞蹈。爵士舞是一种追求愉快、活泼的舞蹈，其特征是可自由自在的跳，不必像传统式的古典芭蕾必须局限于一种形式与遵守固有的姿态。

霹雳舞

起源于美国，其特点是节奏强烈、动感十足，深受青年舞者的喜爱，因这种舞蹈大都在街头表演，故又称“街头舞蹈”。

踢踏舞

现代舞蹈风格的一种，舞蹈形式较为开放自由，没有很多的形式化限制。舞者不注重身体的舞姿，而是着重趾尖与脚跟的打击节奏的复杂技巧，主要靠踢踏鞋发出“踢踢踏踏”的声音，爱尔兰的《大河之舞》是典型代表。

机械舞

借由肌肉迅速地收缩与放松的技巧，使舞者的身体产生一种颤动的感觉，舞者以多种不同的动作和姿势来配合歌曲的节奏。

荷花奖

中国舞蹈专业最高成就专家奖，旨在奖励优秀舞蹈艺术作品，表彰优秀舞蹈工作者，丰富舞蹈理论评论，不断推动我国舞蹈事业健康发展。

中央芭蕾舞团

中国唯一一家国家级芭蕾舞团，舞团以“西方芭蕾与中国民族文化相结合”为根本方针，代表作《天鹅湖》《红色娘子军》等。

东方歌舞团

1962 年成立的文化部直属歌舞团，歌舞团坚持“以我为主”的建团方针，把中国传统民族民间歌舞艺术和表现现代中国人民生活的音乐舞蹈作品介绍给国内外观众，同时把外国健康优秀的歌舞艺术介绍给中国人民。

北京舞蹈学院

新中国第一所专业舞蹈教育的本科院校，被誉为“舞蹈家的摇篮”，学院创办于 1954 年，校训：“文舞相融、德艺双馨”，首任校长为著名舞蹈家戴爱莲。

二、中外舞蹈名家名作

1. 中国舞蹈名家名作

赵飞燕

中国汉代舞蹈家，由于她舞姿身轻如燕，能舞蹈于手掌之上，故名赵飞燕。

杨玉环

中国唐代舞蹈家，受玄宗宠爱封为贵妃，擅长表演《霓裳羽衣曲》。

戴爱莲

中国现当代著名舞蹈表演家、编导家、教育家，其舞蹈意蕴深邃、形式新颖、风格独特，是中国新舞蹈艺术的开创者，代表作《思乡曲》《飞天》《和平鸽》等。

陈爱莲

著名舞蹈表演家，她以鲜明纯正的舞蹈风格和表演个性，成为中国古典舞的代表人物，在众多舞剧中成功塑造了文成公主、林黛玉等形象。代表作《红楼梦》《霸王别姬》等。

贾作光

著名舞蹈编导家、舞蹈表演家、蒙古舞奠基人之一，丰富发展了蒙古族舞蹈律动，创造出新的蒙古舞蹈语汇。代表作《牧马舞》《渔光曲》等。

吴晓邦

著名舞蹈编导家、舞蹈表演家，中国新舞蹈艺术的奠基人，撰写的《新舞蹈艺术概论》成为中国第一本舞蹈理论专著。代表作《义勇军进行曲》《思凡》《十面埋伏》。

白淑湘

著名舞蹈表演艺术家，1958 年首演《天鹅湖》舞剧中的奥吉塔，1964 年首演中国芭蕾舞剧《红色娘子军》中的吴琼花。被称为“中国第一只白天鹅”。

资华筠

著名舞蹈理论家、表演艺术家，善于表演中外多种民族舞蹈，风格端庄典雅，富于造型美和意境美。代表作《飞天》《白孔雀》。

杨丽萍

著名舞蹈艺术家，1986 年创作并表演了《雀之灵》深受好评，并作为导演、演员创作了舞蹈诗《云南印象》。代表作《月光》《孔雀公主》《两棵树》等。

林怀民

台湾著名编舞家，1973 年林怀民创办“云门舞集”，带动了台湾现代表演艺术的发展。代表作《九歌》《水月》《寒食》。

《霓裳羽衣舞》

唐代宫廷乐舞，唐玄宗为道教所作曲目，该舞蹈为唐代歌舞集大成之作，描绘出舞姿婆娑的仙女形象，显示出唐代宫廷音乐的巨大成就。

音乐舞蹈史诗《东方红》

1964 年为庆祝国庆而创作的一部大型歌舞作品，它将新中国文学、历史、音乐、舞蹈结合起来，是一部政治性、历史性都很强的艺术作品，也是中国人民谋求解放的历史缩影。

中国芭蕾舞剧《红色娘子军》

根据同名电影改编，1964 年中国芭蕾舞团首演，是中国第一部成功的大型芭蕾舞剧，不管是内容还是形式都体现出鲜明的中国特色。

中国芭蕾舞剧《白毛女》

根据同名歌剧改编创作，整个舞蹈将 19 世纪西方古典舞蹈与中国民间舞蹈以及舞台艺术结合在一起，成为“洋为中用”的典范。

古典舞《飞天》

戴爱莲编导，资华筠首演，是我国第一部根据敦煌“飞天”形象创作的舞蹈作品，继承并发展了我国传统舞蹈中长绸舞的技法，将“飞天”形象再现于舞台之上。

《雀之灵》

杨丽萍编导、演出，以傣族民间舞蹈为基本素材，从孔雀形象入手，以形求神，活灵活现地展现出孔雀的灵巧美丽。

《云南印象》

一部将云南乡土舞蹈与民族舞重组后的大型歌舞集锦，参演人员全部为云南少数民族，由著名舞蹈家杨丽萍编导并主演。

2. 外国舞蹈名家名作

玛丽·塔里奥妮

意大利芭蕾舞女演员，是第一个运用脚尖跳舞的芭蕾演员，舞姿优美、轻盈，脚尖舞从此成为女芭蕾舞演员表演重要组成部分，代表作《仙女》。

彼季帕

法国芭蕾舞演员、编导，为俄国芭蕾艺术作出了巨大贡献，其编导作品有《睡美人》《灰姑娘》《天鹅湖》《吉赛尔》等，彼季帕不仅编导出许多经典舞蹈作品，还教导出大批优秀芭蕾舞艺术家，被誉为“古典芭蕾之父”。

米哈伊尔·福金

俄国芭蕾舞编导、演员，主张芭蕾舞的具体动作应从属于作品主题的全面表达，代表作《埃及之夜》《仙女们》《火鸟》等。

乌兰诺娃

苏联女芭蕾舞演员，她在《天鹅湖》《泪泉》《罗密欧与朱丽叶》等著名芭蕾舞剧中担任女主角，其表演被称为芭蕾表演艺术典范，被誉为芭蕾舞的象征和灵魂。

伊莎多拉·邓肯

美国舞蹈家、现代舞创始人，她认为在自然中寻找最美的形体并发现能表现这些形体内在精神的动作，就是舞蹈的任务。主要作品有《伊菲革涅亚在澳里斯》《马赛曲》和《前进吧，奴隶》，并著有《邓肯自传》和《论舞蹈艺术》。

玛莎·葛兰姆

美国舞蹈家和编舞家，独创了葛兰姆式舞蹈技法，对后来的现代舞发展影响深远。代表作多以美国人文或是希腊古典神话为主题，有《原始的神秘》《给世界的信》《夜旅》等。

皮娜·鲍什

德国现代舞编导家，被誉为“德国现代舞第一夫人”，她的作品是由许多的对话与动作等各小段所组成，动作重复是其中重要的组成成分。代表作《蓝胡子》《康乃馨》《咏叹调》。

《吉赛尔》

浪漫主义芭蕾舞剧的代表作，有“芭蕾之冠”的美誉，舞剧由简·克拉里和朱尔·佩罗共同创作，取材于德国诗人海涅与法国作家雨果的诗篇。

《天鹅湖》

柴可夫斯基于1875–1876年间创作的芭蕾舞剧，于1877年在莫斯科大剧院首演。天鹅湖是世界上最出名的芭蕾舞剧之一，也是所有古典芭蕾舞团的保留剧目，其中《四小天鹅舞》是该剧中最受欢迎的舞曲之一，音乐轻松活泼，质朴生动而又充满诗意。

《睡美人》

由俄国芭蕾舞大师彼季帕创作的芭蕾舞剧，有“古典芭蕾的巅峰之作”的美誉。其中许多段落如《婚礼双人舞》《蓝鸟双人舞》《花环华尔兹》等已成为芭蕾舞经典段落。

《胡桃夹子》

由柴可夫斯基创作的芭蕾舞剧，舞剧的音乐充满神话和童话色彩，具有强烈的儿童音乐特色。《胡桃夹子》是世界上最优秀的芭蕾舞剧之一，有“圣诞芭蕾”的美誉。

《大河之舞》

爱尔兰的传统的踢踏舞舞剧，规模宏大且气势磅礴。1995年首演，内容除爱尔兰的踢踏舞外，又融合了西班牙的弗拉明戈舞、俄罗斯的芭蕾舞及美国纽约风格的爵士踢踏舞等。

数字集锦

【十以上】

金陵十二钗：林黛玉、薛宝钗、贾元春、贾探春、史湘云、妙玉、贾迎春、贾惜春、王熙凤、贾巧姐、李纨、秦可卿

新中国“二十二大电影明星”：崔嵬、谢添、陈强、张平、于蓝、于洋、谢芳、赵丹、白杨、张瑞芳、上官云珠、秦怡、王丹凤、孙道临、祝希娟、李亚林、张圆、庞学勤、金迪、田华、王心刚、王晓棠

古希腊奥林匹斯十二主神：宙斯（众神之主）、赫拉（天后、妇女的保护神）、波塞冬（海神）、哈迪斯（冥王）、雅典娜（智慧女神、胜利女神和女战神）、阿波罗（太阳神）、阿尔忒弥斯（月亮、狩猎与森林女神）、阿弗洛狄忒（美与爱女神）、阿瑞斯（战神）、赫菲斯托斯（火与工匠之神）、赫尔墨斯（神使、冥界引渡）、狄俄尼索斯（酒神）

拓展与回顾

1. 诗经“六义”指的是**风雅颂赋比兴**。其中“赋”是**叙事**，“比”指**比喻**，“兴”指**起兴**。

2. 北朝民歌**《木兰辞》**塑造了的女英雄形象。

3. 北宋文坛领袖是**欧阳修**，**《醉翁亭记》**是其代表作，宋神宗时主持变法的是**王安石**，二人都在**唐宋八大家**之列。

4. 鲁迅有两部散文集，一是回忆性散文集**《朝花夕拾》**，二是散文诗集**《野草》**。

5. 闻一多是伟大的爱国主义诗人，他的诗作有《红烛》和**《死水》**，他的诗句式整齐，讲究格律，被称作**新格律**诗。

6. **郑正秋**和**张石川**是中国电影的先驱，民族电影的奠基人。20世纪20年代编导了《孤儿救祖记》等无声片，是中国**第一代**导演的代表人物。

7. 英国广播公司（英文缩写 **BBC**）实行公私并管制，日本广播协会（英文缩写 **NHK**）是亚洲第一家电台。

8. 许多电视节目都具有针对性，如针对妇女的**《半边天》**，针对老年人的**《夕阳红》**，针对农民的**《金土地》**，针对儿童的**《大风车》**等。

9. 长焦镜头焦距长、视角小、成像大，相当于在镜头前加了一个**望远镜**。**广角**镜头与它相反，焦距短、视角广、成像小，可以在近处拍到较宽的画面。

10. 在电影、电视中，活动者的画面突然变成了静止的画面了，像一张照片，这种手法叫**定格**。快速拍摄，常速播放的镜头叫**慢镜头**。

11. 新闻体裁分为三类：消息、**通讯**、**评论**。

12. 党领导的人民军队在建军最初的十年称为**工农红军**，抗日战争爆发后改称为**八路军**、**新四军**，解放战争时期改称为中国人民解放军。

13. 太行山位于我国北方，它的东面是**华北**平原，西面是**黄土**高原。

14. 中国画中只用简练的笔墨就大致表现物象的气氛神态的画叫**水墨画**；而用细微精致的手法描摹物象的画叫**工笔画**。

15.《马拉之死》的作者**大卫**是法国 18 世纪的古典主义画家，《自由引导人民》的作者**德拉克洛瓦**是 19 世纪法国的浪漫主义画家。两幅名画都反映了法国大革命的重大事件。

16. 书法之所以成为我国独特的传统艺术，是因为汉字具有**造型性**。

17. 管乐和弦乐联合演奏大型套曲称之为**交响曲（乐）**，独奏曲和管弦乐队联合演奏时称之为**协奏曲**。

18. 19 世纪前期，法国文坛有两位杰出的批判现实主义作家，一位是写《人间喜剧》的**巴尔扎克**，另一位是《红与黑》的作者**司汤达**。

19. 被誉为“俄罗斯文学之父”的是**普希金**，其代表作有诗体小说**《叶甫盖尼・奥涅金》**，还有中篇小说《上尉的女儿》、童话诗《渔夫和金鱼的故事》等。

20. 20 世纪初，《美国的悲剧》的作者**德莱塞**、《马丁・伊登》的作者**杰克・伦敦**都是美国杰出的批判现实主义作家。

21. 俄国文学史上有两位托尔斯泰，列夫・托尔斯泰的代表作是**《复活》**，阿・托尔斯泰的代表作是**《苦难的历程》**三部曲。

22. 清初戏剧理论家李渔写了**《闲情偶记》**，这是我国第一部系统的戏剧理论著作。

23. 中国戏曲主要分为生、旦、净、丑四大行当。其中扮演女性角色的属于**旦**行，扮演男性角色的属于**生**行。

24. 20 世纪 50 年代前后，意大利的**新现实主义**电影运动和法国**新浪潮**电影运动共同构成了世界电影两大革新潮流。

25. 被誉为“卡通片之父”的是美国动画大师**华特・迪士尼**。他制作的动画片，如《唐老鸭》**《米老鼠》**等，轰动了全世界。

26. 荷兰的**伊文思**和意大利的**安东尼奥尼**都曾经到中国拍摄过许多纪录片，其中安东尼奥尼曾在“文革”期间来中国拍摄过纪录片**《中国》**。

27. **《呐喊》**是鲁迅的第一部小说集，其中的**《狂人日记》**是中国现代文学史上第一篇白话文小说。

28. **郑渊洁**是著名童话作家，他创作的**《皮皮鲁与鲁西西》**和《舒克与贝塔》已成中国儿童经典童话。

29. 法国作家**贝克特**是“荒诞派戏剧”的代表，代表作有**《等待戈多》**，并于1969年获得诺贝尔文学奖。

30. 2005年，中央电视台科教频道（CCTV-10）推出**《百家讲坛》**栏目，并成功推出一大批“学术明星”：**易中天**、**于丹**、**纪连海**。

31. 19世纪前期，英国涌现了一批杰出的女作家，如《傲慢与偏见》的作者**奥斯汀**，《简·爱》的作者**夏洛蒂·勃朗特**，《呼啸山庄》的作者**艾米莉·勃朗特**。

32. 《我是猫》的作者**夏目漱石**，《伊豆的舞女》的作者**川端康成**，都是日本20世纪著名的作家。

33. 芭蕾舞起源于意大利，其显著特点是用**脚尖**跳舞。古典芭蕾舞在发展中形成了三大流派，即**意大利**学派、**法国**学派和**俄罗斯**学派。

34. 女诗人蔡文姬是汉末书法家**蔡邕**之女，著名历史剧作家**郭沫若**把她的经历写成了话剧《蔡文姬》。

35. 湖南的凤凰出过两位文化名人，一位是文学大师《边城》的作者**沈从文**，另一位是他的表侄、著名画家**黄永玉**。

36. 在中国戏曲里，张飞、李逵、包公等角色属于**净**行，又叫**花脸**。

37. 大仲马和小仲马是法国19世纪浪漫主义文学的父子作家，父亲大仲马的代表作是**《基督山伯爵》**和《三个火枪手》，儿子小仲马的代表作是**《茶花女》**。

38. “高山流水”的典故讲的是春秋时著名琴师**俞伯牙**和知音钟子期的故事。

39. 古希腊有许多神话，其中著名的神话人物有众神之王**宙斯**，智慧女神**雅典娜**，太阳神**阿波罗**等。

40. 《神曲》的作者意大利诗人**但丁**是欧洲文艺复兴的先驱，同是意大利作家的**薄伽丘**写了短篇小说集《十日谈》。

41. 《巨人传》的作者是法国人文主义作家**拉伯雷**。

42. 苏联蒙太奇学派电影艺术家代表有**库里肖夫**、**普多夫金**和**爱森斯坦**。

43. 中国现代第一部白话短篇小说集是**郁达夫**的《沉沦》，他曾与郭沫若、成仿吾创办了著名的文学团体**创造社**。

44. 聂耳是中国革命音乐的奠基人，他作曲的**《义勇军进行曲》**后来被定为《国歌》，他还创作了著名的歌剧**《扬子江暴风雨》**。

45. 俄国19世纪诞生了一批世界名剧，如果戈理的讽刺喜剧**《钦差大臣》**，奥斯特洛夫斯基的悲剧《**大雷雨**》，契诃夫的《**樱桃园**》等。

46. **古华**的长篇小说《芙蓉镇》曾获首届“茅盾文学奖”。导演谢晋将它拍成电影并由**刘晓庆**、姜文主演。

附录

高校文艺常识考试真题

APPENDIX

2012年北京电影学院公共事业管理专业（部分真题）

1. 娜拉是______中的人物。

2.《钦差大臣》是______的作品。

3. 有“钢琴诗人”美誉的是______。

4. “扬州八怪”指的是______代的画派。

5.《最后的晚餐》是______的作品。

6.《公民凯恩》的导演是______。

7.《茶馆》翻拍是为了纪念______。

8.《一个和八个》的导演是______。

9. 张暖忻是第______代导演。

参考答案

1.《玩偶之家》 2. 果戈理 3. 肖邦 4. 清 5. 达·芬奇 6. 奥逊·威尔斯 7. 老舍 8. 张军钊 9. 四

2011年北京电影学院导演专业招生考试试题

1. 风流不在谈锋______，袖手无言味最______（ ）。

A. 劲，浓 B. 利，深 C. 胜，长 D. 正，真

2. 小说《受戒》的作者是（ ）。

A. 朱自清 B. 汪曾祺 C. 铁凝 D. 老舍

3. 下面哪个星球最大？（ ）

A. 水星 B. 木星 C. 土星 D. 火星

4. 下列作家中与武侠小说无关的是（ ）。

A. 梁羽生 B. 兰陵笑笑生 C. 卧龙生 D. 温瑞安

5. 影片《黑天鹅》的导演是（ ）。

A. 达伦·阿伦诺夫斯基 B. 波兰斯基

C. 基耶斯洛夫斯基 D. 沃卓斯基

6. 卡廷惨案涉及下列哪两个国家？（ ）

A. 卡塔尔和阿根廷 B. 德国和波兰

C. 苏联和波兰 D. 苏联和德国

7. “李刚门”事件发生在（ ）。

A. 校园　B. 街道　C. 高速公路　D. 公园

8. 2010 年中国年度电影票房突破（　）元。

A. 80 亿　B. 100 亿　C. 120 亿　D. 150 亿

9. 下列哪本书不属于电影理论？（　）

A.《雕刻时光》　B.《电影手册》

C.《电影是什么》　D.《电影书写札记》

10. 北回归线没有穿过下列哪个国家？（　）

A. 新加坡　B. 阿尔及利亚　C. 印度　D. 中国

11. 截至今日，中国国内电影票房最高的电影是（　）。

A.《让子弹飞》　B.《赵氏孤儿》　C.《唐山大地震》　D.《山楂树之恋》

12. 下列哪个角色属于京剧里面“净”的角色？（　）

A. 虞姬　B. 诸葛亮　C. 包拯　D. 蔺相如

13.《赵氏孤儿》出自下列哪个作品？（　）

A.《春秋》　B.《史记》　C.《战国策》　D.《汉书》

14. 小说《1984》的作者是（　）。

A. 乔治·奥威尔　B. 亨利　C. 村上春树　D. 海明威

15.《阿凡达》的导演以前还做过什么工作？（　）

A. 卡车司机　B. 漫画家　C. 摄影家　D. 电子工程师

16. 2011 澳大利亚网球公开赛中我国选手（　）历史性的闯入决赛。

A. 晏紫　B. 郑洁　C. 李娜　D. 潘晓婷

17. 下列哪个人物不属于竹林七贤？（　）。

A. 嵇康　B. 郑燮　C. 刘伶　D. 阮籍

18. NBA 中哪个人物被称为“小皇帝”？（　）

A. 邓肯　B. 乔丹　C. 詹姆斯　D. 霍华德

19. 下列哪个国家在 2010 年底被邀请加入“金砖四国”？（　）

A. 巴西　B. 南非　C. 海地　D. 埃及

20. 2010 年 8 月香港某旅行团在下列哪个国家遭遇劫持？（　）

A. 柬埔寨　B. 菲律宾　C. 越南　D. 马来西亚

21. 最近哪个国家的机场发生了爆炸案？（　）

A. 英国　B. 挪威　C. 法国　D. 俄罗斯

22. 下列哪个总统没有桃色新闻？（　）。

A. 克林顿　B. 普京　C. 贝卢斯科尼　D. 卡察夫

23.《让子弹飞》里姜文饰演的松坡将军在历史上曾参与过哪场战争？（　）

A. 抗日战争　B. 护国战争　C. 解放战争　D. 抗美援朝

24. 下列关于《1812 序曲》相关说法正确的是（　）。

A. 作曲者是克劳兹　B. 是 1812 年创作的

C. 关于俄法战争　D. 为皇室而作

25. 下列哪个选项与电影《黑天鹅》无关？（　）

A.《天鹅湖》　B. 歌剧　C. 舞蹈　D.《杀手莱昂》

26. 2010 年中国互联网发生的网络大战与以下哪两个企业有关？（　）

A. 卡巴斯基和腾讯　B. 奇虎 360 和金山

C. 腾讯和奇虎 360　D. 卡巴斯基和金山

27. 2010 年南非世界杯冠军是（　）队。

A. 德国　B. 阿根廷　C. 荷兰　D. 西班牙

28. 老北京的艺人经常集中在（　）进行曲艺表演。

A. 天桥　B. 前门　C. 大观园　D. 地坛

29. 以下哪部电影没有时间穿越？（　）

A.《大话西游》　B.《飞越疯人院》

C.《哈利波特与阿兹卡班的囚徒》　D.《穿越苍穹》

30. 下面哪首歌曲被网友戏称为“神曲”。（　）

A.《哥只是个传说》　B.《爱情买卖》

C.《忐忑》　D.《传奇》

31. 弗洛伊德在人格归类将“理想”划归为哪一类？（　）

A. 自我　B. 本我　C. 超我　D. 它我

32. 电影《社交网络》中的主人公创建的网站是（　）。

A. Twitter　B. Facebook　C. Microblog　D. Myspace

33. 下列影片不属于“意大利新现实主义电影”的是（　）。

A.《罗马，不设防的城市》　B.《偷自行车的人》

C.《精疲力竭》　D.《罗马十一时》

34. 下列作品不属于荒诞派的是（　）。

A.《阳台》　B.《玩偶之家》　C.《等待戈多》　D.《秃头歌女》

35. 下列影片不是改编自话剧的是（　）。

A.《W 的悲剧》　B.《偷心》　C.《乱》　D.《指挥家的抉择》

36. 下列哪个人物没有出现在《史记》的《刺客列传》里？（　）

A. 专诸　　B. 荆轲　　C. 豫让　　D. 吕布

37. 2010年底被控涉嫌性侵犯而被逮捕的朱利安·阿桑奇创办的网站是（　）。

A. 维基解密　　B. 维基百科　　C. 推特　　D. 谷歌

38. IMAX电影用的电影胶片规格是（　）。

A. 16mm　　B. 35mm　　C.70mm　　D. 100mm

39. 著名画家马格利特属于哪个派别？（　）

A. 现实主义　　B. 超现实主义　　C. 野兽派　　D. 印象主义

40. 中国山水画从（　）进入鼎盛时期。

A. 唐代　　B. 北宋　　C. 明代　　D. 清代

41. 下列哪个奖项不是推理小说奖？（　）

A. 雨果奖　　B. 江户川乱步奖　　C. 匕首奖　　D. 爱伦·坡奖

42. 冰壶运动起源于下列哪个国家？（　）

A. 苏格兰　　B. 芬兰　　C. 挪威　　D. 瑞士

43.《让子弹飞》里的电影配乐是由（　）作曲。

A. 小室哲哉　　B. 喜多郎　　C. 大岛满　　D. 久石让

44. 下列不属于同一个导演执导的影片是（　）。

A.《千年女优》　　B.《魔女宅急便》

C.《千与千寻》　　D.《悬崖金鱼公主》

45. 朝鲜选举的下届接班人是（　）。

A. 金正日　　B. 金正恩　　C. 金正男　　D. 张成泽

46. 下列画家中没有留过学的是（　）。

A. 张大千　　B. 齐白石　　C. 徐悲鸿　　D. 高剑父

47. 美术作品《溪山行旅图》是下列哪个时期的？（　）

A. 汉代　　B. 唐朝　　C. 西晋　　D. 北宋

48. 下列哪部作品不属于传统意义上的超人电影？（　）

A.《海扁王》　　B.《绿巨人》　　C.《追击者》　　D.《守望者》

49. 下列不属于传记电影的是（　）。

A.《荒野生存》　　B.《美丽心灵》　　C.《再见列宁》　　D.《造物弄人》

50. 下列与九宫格最不相关的是（　）。

A. 诗歌　　B. 菜系　　C. 数独　　D. 书法

51. 下列哪个与福建土楼无关？（　）

A. 八卦图　　B. 城堡　　C. 马头墙　　D. 核弹井

52.“世间安得双全法，不负如来不负卿”是（　）的诗作。

A. 十世班禅罗桑确吉坚赞　B. 十一世班禅确吉杰布

C. 六世达赖仓央嘉措　D. 达赖八世强白嘉措

53. 苹果公司最新的一款产品是（　）。

A. IPOD　B. IPHONE　C. ITOUCH　D. IPAD

54. 下列关于“广角镜头”的说法错误的一项是（　）。

A. 广角的角指视角　B. 长焦距镜头也可以是广角镜头

C. 广角镜头的焦距比标准镜头的短　D. 焦距长于鱼眼镜头

55. 电视机屏幕的色彩由（　）三个基本色彩组成。

A. 红、绿、蓝　B. 红、白、蓝　C. 红、白、黄　D. 蓝、白、黄

56. 下列乐器中演奏方式不同其他三种的是（　）。

A. 扬琴　B. 古筝　C. 竖琴　D. 琵琶

57. 下列哪一项与另外三项不同？（　）

A. 火线　B. i-link 线　C. 飞线　D. 零线

58. 下面被称作“钢琴诗人”的是（　）。

A. 李斯特　B. 肖邦　C. 莫扎特　D. 舒伯特

59. 下列哪部电影作品没有被翻拍？（　）

A.《大地惊雷》　B.《美国往事》　C.《无间道》　D.《谈谈情跳跳舞》

60. 我们把有意放入影视作品中的广告片段称作（　）。

A. 植入广告　B. 电视广告　C. 公益广告　D. 形象广告

61. 下列谁不属于香港“UFO 三剑客”？（　）

A. 曾志伟　B. 张之亮　C. 李志毅　C. 陈可辛

62.《蜀山剑侠传》的作者是（　）。

A. 黄易　B. 李红　C. 倪匡　D. 古龙

63.“爱老婆，爱儿子，爱吃羊肉；我最大的心愿是老婆儿子天天都能吃到羊肉，天天能用羊肉汤漱口；冬天有羊绒大衣穿。狼活着要有目标，有尊严，我不会放弃，我要抓羊抓到海枯石烂。我是灰太狼，我是一只经得起考验的狼。”此文体属于（　）

A. 凡客体　B. 知音体　C. 羊羔体　D. 梨花体

64. 下面与“PS”缩写无关的是（　）。

A. 游戏机　B. 附注　C. 图片加工　D. 个人电脑

65.“薛定谔的猫”最不可能是以下哪种状态？（　）

A. 活的　B. 死的

C. 又是死的又是活的　　D. 半死不活的

66. 下面哪个国家的国旗没有十字符号？（　）

A. 芬兰　　B. 英国　　C. 伊朗　　D. 挪威

67. 下面哪个人梦见了他死去的爸爸的灵魂？（　）

A. 莎士比亚　　B. 哈姆雷特　　C. 奥赛罗　　D. 罗密欧

68. 16 世纪欧洲宗教改革的倡导者是（ A ）。

A. 马丁·路德　　B. 约翰·胡斯　　C. 威克里夫　　D. 马丁·路德·金

69. 下列人物中谁不是共产党员？（　）

A. 马克思　　B. 斯大林　　C. 列宁　　D. 毛泽东

70. 印度电影《三傻大闹宝莱坞》与下列哪个情景无关？（　）

A. 校园　　B. 宗教　　C. 喜剧　　D. 歌舞

71. 下列不属于新好莱坞电影的是（　）。

A.《飞越疯人院》　　B.《公民凯恩》　　C.《逍遥骑士》　　D.《现代启示录》

72. 香港著名电影公司“邵氏兄弟（香港）有限公司”的创始人是（　）。

A. 邵醉翁　　B. 邵邨人　　C. 邵逸夫　　D. 邵仁枚

73. 好莱坞破产的电影公司是（　）。

A. MGM　　B. Paramount　　C. Universal　　D. Columbia

74. 在下列作品中哪一作品和其他作品的作者不是同一人？（　）

A.《小美人鱼》　　B.《夜莺与玫瑰》

C.《星孩》　　D.《快乐王子》

75. 下列哪个电影节的奖杯形状不是来自于生物？（　）。

A. 戛纳电影节　　B. 威尼斯电影节　　C. 柏林电影节　　D. 上海国际电影节

76. 在传统游戏中，和网游中 RPG 游戏差别最大的游戏是（　）。

A. 过家家　　B. 捉迷藏　　C. 老鹰捉小鸡　　D. 石头剪刀布

77. 和“华南虎”命名方式一样的是（　）。

A. 北极熊　　B. 荷兰猪　　C. 鲸鱼　　D. 金钱豹

78. 英国石油公司的漏油事件发生在（　）。

A. 墨西哥湾　　B. 亚丁湾　　C. 几内亚湾　　D. 波斯湾

79. 下列电影中的武侠动作设计符合唯美标准的是（　）。

A.《双旗镇刀客》　　B.《英雄》　　C.《叶问》　　D.《导火线》

80. 天______岁月人______寿，春______乾坤福______园。（　）

A. 增增；到到　　B. 多多；到到　　C. 增增；满满　　D. 多多；满满

81. 关于《送别》这首歌表述错误的一项是（　）。

A. 原曲作者是美国人

B. 李叔同是词作者

C.《早春二月》和《青春之歌》中均出现过

D. 在日本是歌曲《旅愁》

82. 对中国古典舞表述错误的一项是（　）。

A. 新中国成立以后出现的　　B. 是杨玉环创始的

C.《霓裳羽衣舞》是经典曲目　　D. 自古就有的

83. 下列关于中国的五音说法错误的一项是（　）。

A. 指宫、商、角、徵、羽

B. 对朝鲜和日本的音韵体系影响很大

C. 由《周易》中来

D. 汉语音韵学中代指汉语声母的调音位置和调音方法

84. 在爱因斯坦著名的 $E=MC^2$ 方程式中“C”代表的是（　）

A. 能量　　B. 质量　　C. 光速　　D. 长度

85. 中国的国际长途区号是（　）。

A. 86　　B. 886　　C. 01　　D. 010

86. 韩朝三八线是指（　）。

A. 经线　　B. 纬线　　C. 地区名　　D. 河流名

87. 2010 年第 82 届奥斯卡最佳影片是（　）。

A.《老无所依》　　B.《贫民窟的百万富翁》

C.《拆弹部队》　　D.《阿凡达》

88. 长诗《荒园》的作者是（　）国的。

A. 德国　　B. 美国　　C. 加拿大　　D. 英国

89. 甲骨文最初是用来（　）。

A. 占卜　　B. 记事　　C. 祭祀　　D. 通信

90. 现代时钟的运动方向来源于（　）。

A. 地球自转　　B. 地球公转　　C. 日晷　　D. 麻将

参考答案

1.C　2. B　3. B　4. B　5. A　6. C　7. A　8.B　9. D　10. A　11. A　12. C　13. B

14. A　15. A　16. C　17. B　18. C　19. B　20. B　21. D　22. B　23. B　24. C

25. B 26. C 27. D 28. A 29. B 30. C 31. C 32. B 33. C 34. B 35. A
36. D 37. A 38. C 39. B 40. C 41. A 42. A 43. D 44. A 45. B 46. B
47. D 48. A 49. C 50. B 51. D 52. C 53. D 54. B 55. A 56. A 57. C
58. B 59. B 60. A 61. A 62. B 63. A 64. D 65. D 66. C 67. B 68. A
69. A 70. B 71. B 72. C 73. A 74. A 75. D 76. B 77. A 78. B 79. A
80. C 81. C 82. A 83. C 84. C 85. A 86. B 87. C 88. D 89. A 90. C

2011年北京电影学院戏剧影视文学专业（电影创意与策划方向）

1. 奥巴马是美国历史上第（ ）届总统。

A. 42 B. 43 C. 44 D. 45

2. 阿司匹林的作用是（ ）。

A. 消炎 B. 解热 C. 杀菌 D. 止咳

3. 著名画家伦勃朗的国籍是（ ）。

A. 荷兰 B. 英国 C. 法国 D. 丹麦

4. 2010 年法国大罢工的起因是（ ）。

A. 工资制度 B. 劳动时间 C. 假期调整 D. 退休年龄

5. 2010 年中国电影产量超过（ ）部。

A.400 B. 500 C.600 D. 700

6. 以一位报业大亨之死揭开序幕，并通过他的人生经历和事业的兴衰史，见证了一桩资本主义神话下的复杂真相的影片是（ ）。

A.《一个国家的诞生》 B.《党同伐异》

C.《公民凯恩》 D.《爵士歌王》

7. 影片《社交网络》是以（ ）网站的首席执行官马克·扎克伯格创始的公司为原型的。

A. Twitter B. Facebook C.Myspace D. Microblog

8.《静静的顿河》的作者是（ ）。

A. 列夫·托尔斯泰 B. 奥斯特洛夫斯基

C. 肖洛霍夫 D. 法捷耶夫

9. Photoshop 文件的固有格式是（ ）。

A.PSD B. GIF C.BMP D. PDF

10. 古希腊著名医学家、被誉为“医学之父”的是（ ）。

A. 阿维森纳 B. 恩培多克勒 C. 希波克拉底 D. 加孟的盖仑

11. 古罗马诗人贺拉斯论及人物形象问题的著作是（　）。

A.《诗艺》　B.《诗学》　C.《诗品》　D.《诗式》

12. CPI 是指（　）。

A. 人类发展指数　B. 国民生产总值　C. 居民消费指数　D. 国内生产总值

13.《雍正王朝》的导演是（　）。

A. 张纪中　B. 胡玫　C. 李少红　D. 高希希

14. 下列哪部影片讲述的故事不是发生在上海？（　）

A.《城南旧事》　B.《姨妈的后现代生活》

C.《摇啊摇，摇到外婆桥》　D.《倾城之恋》

15. 电视剧《潜伏》的编剧是（　）。

A. 麦家　B. 兰晓龙　C. 石康　D. 姜伟

16. 孟京辉是（　）导演。

A. 话剧　B. 电视剧　C. 戏曲　D. 电影

17. 下列哪部作品不是村上春树的？（　）

A.《挪威的森林》　B.《海边的卡夫卡》

C.《且听风吟》　D.《雪国》

18. 电影《孔子》的导演是（　）。

A. 胡玫　B. 张艺谋　C. 李少红　D. 陆川

19. 2010 年破产的美国著名电影公司是（　）。

A. MGM　B. Paramount　C. Universal　D. Columbia

20. 2010 年诺贝尔文学奖的得主是（　）。

A. 阿多尼斯　B. 托马斯　C. 麦卡锡　D. 略萨

21. 电影《图雅的婚事》获得了（　）电影节最高奖项。

A. 威尼斯　B. 柏林　C. 戛纳　D. 上海

22.《货币战争》的作者是（　）。

A. 宋鸿兵　B. 郎咸平　C. 吴敬琏　D. 厉以宁

23. 2012 年召开的是第（　）届全国人民代表大会。

A. 九　B. 十　C. 十一　D. 十二

24. 歌曲《I See You》是下列哪部电影的主题曲？（　）

A.《泰坦尼克号》　B.《阿凡达》　C.《盗梦空间》　D.《2012》

25. “有人的地方就有江湖，你怎么退出”出自电影（　）。

A.《卧虎藏龙》　B.《笑傲江湖》　C.《十面埋伏》　D.《侠客行》

26. 碳排放中的碳具体是指（ ）。

A. 温室气体　B. 二氧化碳　C. 灰尘　D. 碳氢化合物

27. 下列哪部影片不是由文学作品改编的？（ ）。

A.《活着》　B.《秋菊打官司》

C.《海洋天堂》　D.《孩子王》

28. 下列刘恒的作品没有被改编成电影的是（ ）。

A.《贫嘴张大民的幸福生活》　B.《伏羲》

C.《黑的雪》　D.《狗日的粮食》

29.“霁月难逢，彩云易散，心比天高，身为下贱，风流灵巧招人怨，寿夭多因诽谤生，多情公子空牵挂。”是《红楼梦》中（ ）的判词。

A. 袭人　B. 鸳鸯　C. 平儿　D. 晴雯

30. “大意失荆州”说的是（ ）。

A. 曹操　B. 关羽　C. 张飞　D. 马谡

31.《水浒传》中被迫卖掉宝刀的是（ ）。

A. 杨志　B. 杨雄　C. 刘唐　D. 李俊

32. 被誉为“美国生活的幽默百科全书”的是（ ）。

A. 海明威　B. 欧·亨利　C. 马克·吐温　D. 杰克·伦敦

33. 日本称我国的（ ）岛屿为“尖阁列岛”。

A. 澎湖列岛　B. 苏岩礁　C. 六横岛　D. 钓鱼岛

34. 日本电影中女主角发现一个住在偏远小镇的女孩和死去的男友同名的影片是（ ）。

A.《四月物语》　B.《情书》　C.《东京物语》　D.《燕尾蝶》

35.《义勇军进行曲》出自电影（ ）。

A.《风云儿女》　B.《英雄儿女》　C.《高山下的花环》　D.《烈火金刚》

36.《最小说》主编是（ ）

A. 郭敬明　B. 韩寒　C. 张悦然　D. 春树

37.《三枪拍案惊奇》翻拍自国外（ ）导演的作品。

A. 希区柯克　B. 斯皮尔伯格　C. 科恩兄弟　D. 迈克尔·贝

38. 被扔进垃圾车绞死的黑帮人物迈克斯出自电影（ ）

A.《教父》　B.《美国往事》　C.《低俗小说》　D.《出租汽车司机》

参考答案

1. C 2. B 3. A 4. D 5. B 6. C 7. B 8. C 9. A 10. C 11. A 12. C 13. B 14. A 15. D 16. A 17. D 18. A 19. A 20. D 21. B 22. A 23. C 24. B 25. B 26. A 27. C 28. D 29. D 30. B 31. A 32. B 33. D 34. B 35. A 36. A 37. C 38. B

2011年北京电影学院公共事业管理专业（院线经营管理方向）

1. 内爆这一概念是______国的学者在其影响深远的著作《媒介——人的延伸》一书中提出来的。

2. 小说《悲惨世界》的作者是法国作家______。

3. 影片《大阅兵》是中国著名导演______的作品。

4. 巴金的小说“激流三部曲”分别是______、______和______，“爱情三部曲”分别是______、______、______。

5. 中国第一部编年体通史著作《资治通鉴》是我国古代______时期文学家______主编的，共294卷，耗时19年。

6. 影片《代号美洲豹》的导演是______。

7. 影片《夜宴》的导演是______。

8. 小说《红岩》的作者是______和______。

9. 小说《围城》的作者是中国著名学者______。

10. 小说《复活》的作者是俄罗斯作家______。

11. 意大利影片《罗马十一时》的导演是______。

12.《机械复制时代的艺术作品》一文的作者是______。

13.《美的历程》一书的作者是中国美学家______。

14. 浮士德是德国诗人歌德的长篇诗体剧______中的主要人物。

15. 张艺谋导演的影片《满城尽带黄金甲》的故事改编自中国著名剧作家______的话剧。

16. “道可道非常道，名可名非常名”这句话出于中国古代的______。

17. 中国影片《女足九号》的导演是______。

18.《意识形态和意识形态国家机器》一文的作者是______国学者______。

19. “落霞与孤鹜齐飞，秋水共长天一色”语出于______，其作者是______。

20. 中国古代散文《桃花源记》的作者是我国______时代诗人______的作品。

21. 影片《2046》是______导演的作品。

22. 电影《秋菊打官司》改编自______的小说《万家诉讼》。

23. 电影《活着》根据______的同名小说改编。

24.《最后一片叶子》的作者是______。

参考答案

1. 加拿大　马歇尔·麦克卢汉　2. 雨果　3. 陈凯歌　4.《家》《春》《秋》《雾》《雨》《电》　5. 北宋　司马光　6. 张艺谋　7. 冯小刚　8. 罗广斌　杨益言　9. 钱钟书　10. 列夫·托尔斯泰　11. 朱塞佩·德·桑蒂斯　12. 本雅明　13. 李泽厚　14.《浮士德》　15. 曹禺　《雷雨》　16. 老子　《道德经》　17. 谢晋　18. 法　阿尔都塞　19.《滕王阁序》　王勃　20. 东晋　陶渊明　21. 王家卫　22. 陈源斌　23. 余华　24. 欧·亨利

2010年北京电影学院导演专业考试试题

1. 下面姜文演的四部电影中哪个角色不姓马。（　）

A.《寻枪》　　B.《天地英雄》

C.《鬼子来了》　　D.《阳光灿烂的日子》

2. 下面哪部王小波的作品中没有叫“王二”的角色。（　）

A.《我的阴阳两界》　　B.《黄金时代》

C.《三十而立》　　D.《思维的乐趣》

3. 以下哪个成员属于 SJ-M，不属于 SJ。（　）

A. 周觅　　B. 韩庚　　C. 始源　　D. 东海

4. 以下哪个人物不是 2009 年逝世的。（　）

A. 罗京　　B. 张文顺　　C. 梁羽生　　D. 谢晋

5. 以下哪个服饰品牌符合“MOD”风格。（　）

A. 宾舍曼　　B. 梦特娇　　C. 夏奈尔　　D. 迪奥

6. 海地属于哪个洲。（　）

A. 南美洲　　B. 欧洲　　C. 北美洲　　D. 非洲

7. 以下哪个属于绿茶。（　）

A. 西湖龙井　　B. 铁观音　　C. 北苑御茶　　D. 武夷岩茶

8. 斯诺克中哪个颜色的球分值最高。（　）

A. 红球　　B. 黑球　　C. 蓝球　　D. 黄球

9. 以下哪个作品与“纵贯线”成员无关。（　）

A.《亡命之徒》　　B.《真心英雄》　　C.《童年》　　D.《情书》

10. 以下哪个作品的主要演员没有出现在电影《三枪拍案惊奇》中。（ ）

A.《红高粱》 B.《我的父亲母亲》

C.《幸福时光》 D.《梅兰芳》

11. 以下哪个景点没有运用在第五套人民币背面。（ ）

A. 长江三峡 B. 万里长城 C. 布达拉宫 D. 杭州西湖

12. 以下哪个演员没有参加过彭浩翔导演的作品。（ ）

A. 钱嘉乐 B. 杜汶泽 C. 陈百祥 D. 陈道明

13. 以下哪个乐器弦最多。（ ）

A. 古琴 B. 吉他 C. 琵琶 D. 古筝

14. 以下哪部文学作品不涉及同性文化。（ ）

A.《兄弟》 B.《八月未央》 C.《青蛇》 D.《孽子》

15. 以下哪个战役发生在冬天。（ ）

A. 斯大林格勒战役 B. 滑铁卢战役 C. 卢沟桥战役 D. 徐州会战

16. 韩寒的博客点击量是多少？（ ）

A. 2 亿 B. 2.5 亿 C. 3 亿 D. 3.5 亿

参考答案

1. B 2. D 3. A 4. D 5. A 6. C 7. A 8. B 9. D 10. A 11. B 12. D 13. D 14. A 15. D 16. D

2010年北京电影学院公共事业管理专业（院线经营管理方向）

一、填空题

1. 提出冷媒介和热媒介的著名传播学者是______。

2. 小说《巴黎圣母院》的作者是______。

3. 电影《黄土地》的导演是______。

4. 指环王三部曲是《魔戒现身》《双塔奇兵》《王者归来》，其导演是______。

5. 提出了“酒神精神”和“日神精神”的是______。

6. 电影《我的父亲母亲》的导演是______。

7. 中国第一部电影是______年拍摄的《定军山》，主演是______。

8. 电影《手机》的导演是______。

9.《管锥篇》的作者是______。

10. 小说《死魂灵》的作者是______。

11. 电影《公民凯恩》的导演是______。

12.《机械复制时代的艺术作品》的作者是______。

13.《美的历程》是中国美学家______的作品。

14. 靡非斯特是歌德的______中的主人公。

15. 电影《三枪拍案惊奇》是改编自科恩兄弟的______。

16. “天下皆知美为美，斯是恶”出自______。

17. 电影《鸦片战争》的导演是______。

18.《意识形态和意识形态国家机器》的作者是______国的______。

19. “盖文章，经国之大业，不朽之盛事……”是______的文章。

二、选择题

1. “路漫漫其修远兮，吾将上下而求索”是（　）的作品。

A. 司马迁　B. 屈原　C. 宋玉　D. 刘向

2.《威尼斯商人》的作者是（　）。

A. 巴尔扎克　B. 雨果　C. 莎士比亚　D. 司汤达

3. 电影《最后的贵族》的导演是（　）。

A. 谢飞　B. 谢晋　C. 蔡楚生　D. 吴天明

4.《金刚经》出自（　）。

A. 佛教　B. 伊斯兰教　C. 天主教　D. 道教

5.《老人与海》的作者是（　）。

A. 海明威　B. 莫顿·亨特　C. 威廉·福克纳　D. 桑地亚哥

6.《西厢记》的作者是（　）。

A. 孔尚任　B. 汤显祖　C. 王实甫　D. 关汉卿

7. 古画追寻中气韵生动是（　）提出的。

A. 吴道子　B. 阎立本　C. 张择端　D. 谢赫

8.《日出·印象》的作者是（　）。

A. 毕加索　B. 梵高　C. 莫奈　D. 塞尚

9.《三毛从军记》的作者是（　）。

A. 三毛　B. 朱德庸　C. 丰子恺　D. 张乐平

10. 科幻小说《伏羲》的作者是（　）。

A. 江渐离　B. 苏学军　C. 王晋康　D. 莫言

三、名词解释

1. 西部片　2. 意境　3. 3D 电影　4. dogma95　5. 后现代主义　6. 电影眼睛

参考答案

一、填空题

1. 麦克卢汉 2. 雨果 3. 陈凯歌 4. 彼得·杰克逊 5. 尼采 6. 张艺谋 7. 1905 谭鑫培 8. 冯小刚 9. 钱钟书 10. 果戈理 11. 奥森·威尔斯 12. 瓦·本杰明 13. 李泽厚 14.《浮士德》 15.《血迷宫》 16.《道德经》 17. 谢晋 18. 法 路易·阿尔都塞 19. 曹丕

二、选择题

1.B 2.C 3.B 4.A 5.A 6.C 7.D 8.C 9.D 10.A

三、名词解释

1. 西部片

以美国西部为故事背景，以 19 世纪下半叶美国人开发西部荒野土地为题材的影片。西部片的情节一般都很简单，人物也都是定型的。西部片的开创人是美国的埃德温·鲍特，他拍摄的《火车大劫案》是第一部西部片。约翰·福特拍摄的《关山飞渡》也是西部片的经典之作。作为类型电影的一种，其特点为公式化的情节、定型化的人物、图解式的视觉形象。西部片多取材于西部文学和民间传说，并将文学语言的想象与电影画面的幻觉结合起来。西部片不是再现历史的真实写照，而是创造着一种理想的道德规范，去反映美国人的民族性格和精神倾向。

2. 意境

意，是作者在艺术作品中蕴藉的思想、感情、见解以及美学旨趣；境，是被表达的对象、内容形成的艺术力量所能作用的最大空间，以及这种艺术力量在这一最大空间中所能产生的全部艺术效果。意境是虚实相生，是由“虚境”和“实境”共同构成的并存在于艺术形象的精神内核深处。

3. 3D 电影

3D 是 three-dimensional 的缩写，是利用类似两眼的不同视角摄制成具有水平视差的两幅画面的影片，放映时能给人以三维视觉，带有明显的纵深感。它展现出一幅幅连贯的立体画面，使观众感到景物扑面而来，能产生强烈的“身临其境”感。

4. dogma95

Dogme 95 是一场由丹麦导演拉斯·冯·提尔于 1995 年发起的电影运动，成员大多为毕业于丹麦国立电影学院的年轻导演，他们于 1995 年共同签署的《道格玛誓言》是对电影创作活动的某种限制，如影片必须是彩色的，不能包含暴力画面等。其目标是在电影摄制中灌输朴素感觉，强调电影构成的纯粹性并聚焦于真实的故事和演员的表演本身。对于欣赏这个电影的人来说，因为意识到没有过度的人工痕迹而最终更加关心故事本身的情节和发展。

5. 后现代主义

20世纪六七十年代在西方国家开始广泛出现的具有重大影响的社会文化思潮，它涉及文学、艺术（包括建筑的风格等）、语言、历史、哲学等社会文化和意识形态的诸多领域。后现代主义思潮的目的性是非常明确的，就是要对现代文明发展的根基、传统等各个方面，进行全方位的批判性反思。因此，后现代主义思潮的兴起，可以说为观照现代性提供了一面新的镜子，既折射出现代性与传统的矛盾，又折射出现代性自身矛盾的方方面面。

6. 电影眼睛

电影眼睛是苏联纪录电影导演吉加·维尔托夫于20年代初提出，在创作中付诸实践的理论，即“电影眼睛派”。他把电影摄像机比作人的眼睛，主张电影工作者手持摄像机“出其不意地捕捉生活”，反对人为的搬演影片。他按照自己的理论拍摄了一些成功的影片，如《带摄像机的人》《在世界六分之一的土地上》《关于列宁的三支歌曲》等。维尔托夫没有把电影的任务归结为只是单纯的摄录现实，他认为将电影观察的素材加以组织，从而引导观众达到明确的思想结论，这是非常重要的电影创作阶段，对后来的电影工作者及五六十年代法国出现的真实电影，都有着重大的影响。当今的电视发展正是延伸了他的“电影眼睛”理论——真实地记录现实并引导观众达到明确的思想结论。电影眼睛派的发展，促进了蒙太奇学派的诞生，后来的意大利新现实主义流派，也深受其影响。

2010年中国戏曲学院戏剧影视文学专业（戏曲文学方向）

一、文学常识填空

1. 元曲四大家及其代表作是：______的______、白朴的《梧桐雨》、马致远的《汉宫秋》和郑光祖的______。

2.《牡丹亭》中的主人公是______和______。

3. 三个入选非物质文化遗产的中国剧种是______、______、______。

4. 京剧四大名旦是指______、______、______和______。

5. 曹禺最著名的两部话剧作品是______和______。

二、名词解释

1. 初唐四杰　2. 苏州派剧作家　3. 俄狄浦斯王

参考答案

一、文学常识填空

1. 关汉卿《窦娥冤》《倩女离魂》 2. 杜丽娘 柳梦梅 3. 昆曲 京剧 粤剧 4. 梅兰芳 尚小云 荀慧生 程砚秋 5.《雷雨》《日出》

二、名词解释

1. 初唐四杰

“初唐四杰”是指我国唐代初期四位文学家王勃、杨炯、卢照邻、骆宾王的合称，简称“王杨卢骆”。他们在初唐诗坛的地位很重要，上承梁陈，下启沈宋，其中卢、骆长于歌行，王、杨长于五律。后人所说的声律风骨兼备的唐诗，从他们开始定型。

2. 苏州派剧作家

明末清初，在苏州这个戏剧创作和演出的中心城市，出现了一群平民专业剧作家，较为著名的有李玉、朱佐朝（代表作《渔家乐》）、朱素臣（代表作《十五贯》）、叶雉斐（代表作《琥珀匙》）等。他们相互往来密切，有时合作创作剧本，有时共同切磋曲律，在市民生活的土壤和文化氛围中，形成了创作倾向和艺术风格大致相近的戏曲流派，后人称之为苏州派。

3. 俄狄浦斯王

《俄狄浦斯王》是索福克勒斯的代表作，以希腊神话中关于忒拜王室的故事为题材，紧紧围绕俄狄浦斯杀父娶母的预言和寻找凶手这两条线索展开。作者承认命运的存在，同时谴责命运的邪恶，赞颂人不屈不挠的积极斗争精神。亚里士多德高度评价《俄狄浦斯王》的结构，把它视为古希腊悲剧的典范。

2011年中国戏曲学院戏剧影视文学专业（部分试题）

一、文学常识填空

1.《诗学》的作者是______，他的老师是______。

2.《诗艺》的作者是______；“诗经六义”是______、______、______、______、______、______。

3. 诗鬼是______；诗史是______；诗仙是______；诗圣是______；诗佛是______。

4. 获得诺贝尔文学奖的日本作家是______和______。

5.《义勇军进行曲》出自电影______，作词者是______，他的话剧代表作______。

二、名词解释

1. 百花齐放，百家争鸣 2. 李渔

参考答案

一、文学常识填空

1. 亚里士多德 柏拉图 2. 贺拉斯 风 雅 颂 赋 比 兴 3. 李贺、杜甫、李白、杜甫、王维 4. 川端康成 大江健三郎 5.《风云儿女》 田汉 《获虎之夜》

二、名词解释

1. 百花齐放，百家争鸣

即“双百方针”。1956年毛泽东同志提出此方针，倡导在文艺创作上，允许不同风格、不同流派、不同题材、不同手法的作品同时存在，自由发展；在学术理论上，提倡不同学派、不同观点互相争鸣，自由讨论。

2. 李渔

初名仙侣，后改名渔，号笠翁。明末清初的戏剧家，戏剧理论家。他所著的《闲情偶寄》中的词曲部论述了戏曲创作、导演、表演到语言、音乐、服装，集中国古代曲论之大成，对中国古代戏曲理论进行了全面的总结。

2010年上海戏剧学院导演专业（部分试题）

1.《阿甘正传》的导演是______。

2. 中国最大的岛屿是______。

3. 好望角位于______洲?

4.《奥德赛》和《伊利亚特》统称为______。

5. 2009年获诺贝尔和平奖的是______。

6. “疏影横斜水清浅”的下一句______。

7. 音乐《魔笛》的作曲者是______。

8. “时代三部曲”分别是《______》《______》《______》，是______的作品。

9. “玉人何处教吹箫”的前一句是______。

10. 法国大革命是以攻打______建筑为标志的?

11. 希腊神话中的宙斯是______神。

12. 2009年9月20日去世的一位名人是______。

13. 云南的简称是______。

14. “高山流水”中的两人分别是______、______。

15. 莫高窟在______省。

16. 中国最早的纸币出现在______朝代。

参考答案

1. 罗伯特·泽米吉斯　2. 台湾岛　3. 非洲　4.《荷马史诗》　5. 奥巴马　6. 暗香浮动月黄昏　7. 莫扎特　8. 黄金时代、白银时代、青铜时代，王小波　9. 二十四桥明月夜　10. 巴士底狱　11. 天　12. 臼井仪人　13. 云或滇　14. 俞伯牙　钟子期　15. 甘肃　16. 北宋

图书在版编目（CIP）数据

文艺常识／姜鹏亮主编．—北京：中国电影出版社，2015

（影视传媒专业艺考系列丛书／魏靖如主编）

ISBN 978－7－106－04239－4

Ⅰ．①文… Ⅱ．①姜… Ⅲ．①文艺学 Ⅳ．①I0

中国版本图书馆CIP数据核字（2015）第190947号

责任编辑：林　娜

封面设计：张　爽

版式设计：未名池

责任校对：孙　健

责任印制：张玉民

文艺常识

姜鹏亮　主编

影视传媒专业艺考系列丛书　魏靖如　主编

出版发行　中国电影出版社（北京北三环东路22号）邮编100029

电话：64296664（总编室）　64216278（发行部）

64296742（读者服务部）　Email：cfpygb@126.com

经　　销　新华书店

印　　刷　北京易丰印捷科技股份有限公司

版　　次　2015年8月第1版　2015年8月北京第1次印刷

规　　格　开本/850×1168毫米　1/16

印张/14　字数/280千字

书　　号　ISBN 978－7－106－04239－4/I·1017

定　　价　36.00元